抬高房梁，木匠们；
西摩：小传

Raise High the Roof Beam, Carpenters and Seymour: an Introduction

[美] J.D. 塞林格 著　丁骏 译

译林出版社

图书在版编目（CIP）数据

抬高房梁，木匠们／（美）J. D. 塞林格（J. D. Salinger）著；丁骏译．西摩：小传／（美）J. D. 塞林格（J. D. Salinger）著；丁骏译．—南京：译林出版社，2022.3
（塞林格作品）
书名原文：Raise High the Roof Beam, Carpenters and Seymour: an Introduction
ISBN 978-7-5447-8806-9

Ⅰ.①抬⋯ ②西⋯ Ⅱ.①J⋯ ②丁⋯ Ⅲ.①中篇小说－小说集－美国－现代 Ⅳ.①I712.45

中国版本图书馆 CIP 数据核字（2021）第 168883 号

Raise High the Roof Beam, Carpenters and Seymour: an Introduction by J. D. S
Copyright © 1955, 1959 by J. D. Salinger,
renewed 1983, 1987 by J. D. Salinger
This edition arranged with the J. D. Salinger Literary Trust
through Big Apple Agency, Inc., Labuan, Malaysia
Simplified Chinese edition copyright © 2022 by Yilin Press, Ltd
All rights reserved.

著作权合同登记号　图字：10-2019-707 号

抬高房梁，木匠们；西摩：小传 [美] J. D. 塞林格／著　丁骏／译

责任编辑	金　薇
装帧设计	一千遍
校　　对	蒋　燕
责任印制	颜　亮

原文出版	Little, Brown and Company
出版发行	译林出版社
地　　址	南京市湖南路 1 号 A 楼
邮　　箱	yilin@yilin.com
网　　址	www.yilin.com
市场热线	025-86633278
排　　版	南京展望文化发展有限公司
印　　刷	上海中华商务联合印刷有限公司
开　　本	850 毫米 × 1168 毫米　1/32
印　　张	7.5
插　　页	4
版　　次	2022 年 3 月第 1 版
印　　次	2022 年 3 月第 1 次印刷
书　　号	ISBN 978-7-5447-8806-9
定　　价	55.00 元

版权所有·侵权必究

译林版图书若有印装错误可向出版社调换。质量热线：025-83658316

若这世上尚有一位闲来读书之人——

抑或任何亦读亦跑之人——

本作者谨将此书一分为四,献给此人,还有我的妻子和两个孩子,感激之情,匪言可宣。

目 录

001　　　抬高房梁,木匠们

098　　　西摩:小传

抬高房梁，木匠们

　　大约二十多年前，我们一大家子饱受流行性腮腺炎的折磨，某天晚上，我最小的妹妹弗兰妮被连人带床搬进了我那间貌似无菌的房间，那是我跟我大哥西摩合住的房间。当时我十五岁，西摩十七岁。凌晨两点左右，我被这位新室友的哭声吵醒了。我一动不动地躺着，听她号啕大哭，几分钟后，我听到，或许是感觉到，我旁边床上的西摩有了动静。那些日子里，在我们两张床之间的案几上一直放着一支手电筒，以备不时之需，不过我记得还从没用过。西摩打开手电筒，下了床。"奶瓶在炉子上，妈嘱咐过。"我对他说。"我刚刚喂过她，"西摩说，"她不是饿了。"他在黑暗中走到书橱边，将手电筒沿着书架慢慢地来回扫着。我从床上坐了起来。"你要干吗？"我说。

"我在想或许我该给她念点什么。"西摩说,一边取下一本书。"老天,她才十个月大。"我说。"我知道,"西摩说,"婴儿有耳朵,他们听得见。"

那晚西摩打着手电筒给弗兰妮念了一个故事,那是他最喜欢的一个道家的故事。直到今天,弗兰妮还发誓说她记得西摩曾经给她念过这个故事:

> 秦穆公对伯乐说:"你如今上了年纪。你家中是否有人能替你给寡人相马呢?"伯乐答:"一匹好马可凭其体态外形来挑选,但一匹绝尘弥辙的上乘骏马却稍纵即逝,缥缈如轻烟。我的儿子们才能平庸;他们见到一匹好马固然能够识别,却识别不了上乘的骏马。然则我尚有一友,名九方皋,是个卖劈柴和蔬菜的,但凡有关马的事情,其眼力绝不在我之下。恳请陛下召见他。"
>
> 穆公遂召见九方皋,旋即派他前去寻找一匹坐骑。三个月之后,九方皋回来禀报已找到一匹。"如今马在沙丘。"他又道。"此马何等模样?"穆公问道。答曰:"呃,为一褐色母马。"待得打发人去取

马,却发现是匹乌黑的公马!穆公大为不悦,召见伯乐。"你那位朋友,"穆公道,"领我之命去寻马,弄得一团糟。你道怎的,他连马的毛色性别都分焉不清!关于马他究竟懂些什么呢?"伯乐满意地叹了口气。"他当真已到此等地步了吗?"他高声叹道,"哎,那他的价值不啻于一万个我了。我实不能与他相提并论。皋放眼所见乃精神之机制。了然精华所在,故抛平常细节于脑后;既着眼于内在本质,外在特征则可视而不见。其所见即为其所欲见,而非其所不欲见。他只看他应看之物,至于不必看者一概不屑之。善相马如皋者,确乎有本领相尤比马更贵重之物也。"

待马来到,果然是匹上乘的骏马。[1]

我在这里重述这个故事,不仅是因为我总不厌其烦地给十个月大的孩子的父母或哥哥们推荐一篇好文章来充当安慰奶嘴,而且另有一个原因。此后紧接的是关于1942年一次婚礼的记述。在我看来,这段记述独立成章,有开始有结尾,以及必死的命运,独具一格。不过由于我是一个当局者，我觉得有必要提一句，1955年的今天，那位新郎已不在人世。他于1948年自杀了，当时他正和妻子在佛罗里达度假……不过毫无疑问，我真正想说的是：自从新郎永远地退居幕后，我终究也没能想出我可以派谁代替他去寻马了。

1942年5月下旬，潘塔奇斯马戏团的退休杂耍演员莱斯·格拉斯和贝茜·盖勒格的子女们——一共七个——夸张点说，遍布在美利坚合众国的四面八方。我是这家的老二，当时正躺在佐治亚州本宁堡的部队医院里，害的是肋膜炎——十三个星期步兵基本训练留给我的小小纪念品。双胞胎沃特和维克一年前就被拆散了。维克在马里兰州一个拒服兵役者的拘留营里，而沃特随着一支野战炮兵部队正待在太平洋上的某个地方——也许还在路上。（我们始终没能完全搞清楚，在那段特殊时期，沃特究竟在哪里。他从来不怎么爱写信，等他死后我们也没了解到多少关于他个人的情况——几乎可以说是零。1945年深秋，他在日本死于一场荒唐得难以形容的美国大兵事故。）我的大妹妹，波波，按出生年月算排在我和双胞胎之间,她是海军女子预备队的少尉,断断续续地驻在布鲁克林的一个海军基地。那年春夏,波波一直用着我大哥西摩和我在纽约的那套小公寓,我们俩入伍后,那套公寓实际上就是空关着了。家里最小的两个孩子,祖伊(男)和弗兰妮(女),跟我们父母一起住在洛杉矶,我父亲正在那里为一家电影公司当星探。那时祖伊十三岁,弗兰妮八岁。他们俩每星期都参加一档电台的儿童智力问答节目,名为《智慧之童》,这名字中的刻薄讽刺倒是很典型,随着电波传遍东西海岸。我还是索性在这儿提一笔吧,我家所有的孩子,都有一阵子——或者说,在某一年——是这档每周一次的《智慧之童》节目聘用的"嘉宾"。西摩和我于1927年最早参加《智慧之童》,当时我们一个十岁,一个八岁,节目是从那家老旅馆默里山饭店里的一间会议厅里"放送"出来的。我们七个,从西摩到弗兰妮,都用化名参加过这个节目。这听起来也许着实反常,我们都是杂耍演员的孩子,这个人群通常对公开扬名不抱反感,可是我母亲有一回在杂志上看到一篇文章,谈到职业儿童都不得不背负精神上的小十字架——正常意义上的社交圈往往令人向往,而他们却

005

与之格格不入——因此母亲在这一问题上采取了不屈的立场,从来没有动摇过。(到底该不该把大多数,或者所有的"职业"儿童当作扰乱治安者,并相应地予以惩处、怜悯,抑或毫不留情地诉诸法律,这会儿根本不是讨论这个问题的时候。眼下,我只想作如下声明:我们从《智慧之童》这个节目所得的收入支持我们中的六人念完了大学,如今正把第七个送进大学。)

我的长兄西摩——此时此地我几乎就是一门心思地要写他——1942年时是一名下士,所属部队当时仍叫空军。他驻在加利福尼亚州的一个B-17轰炸机基地。我**相信**,他在那里是做连队代理秘书。我不妨加一句,这不是括号性质的补充说明,西摩是我家写信最少的一个。我这辈子收到他的信也不到五封。

不知是5月22日还是23日早晨(我家的人从来都不在信上写日期),我那张本宁堡部队医院里的病床脚边搁着一封我妹妹波波的来信,当时他们正在我腰部横膈膜处贴橡皮膏(这是对肋膜炎病人常规的医疗措施,据说能保证病人不会因为咳嗽而浑身散架)。贴膏药的磨难结束之后,我开始读波波的信。信还在,逐字逐句抄录如下：

亲爱的巴蒂：

我正紧赶着打包，所以这封信会很短，但也会很**犀利**。"拧臀"海军上将做了个决定，他必须飞往一些不知道叫什么的地区，说是出于战争的需要，他还决定带他的秘书随行，只要我这个秘书肯听话。我真是受够了。先不说西摩，随行意味着我得在冻得死人的空军基地蹲白铁皮活动房，咱们的战士会对我孩子气地动手动脚，还有飞机上那些供你呕吐用的可怕的纸质玩意儿。问题是，西摩要结婚了——是的，**结婚**，所以请你好好听着。我没法到场了。这一趟我会去哪里都没个准，总得六个星期到两个月的时间吧。我见过那姑娘。我觉得她是个绣花枕头，但长相着实不赖。我也不是**肯定**她就是个绣花枕头。我是说我见到她的那晚，她说了没两个字。只是坐在那儿微笑，抽烟，所以说什么也都不公平。我对他们的浪漫史一无所知，只晓得他们俩明摆着是去年冬天西摩驻在蒙默思堡时认识的。女孩她妈可真是太绝了——只要是艺术她都能插上一指头,每星期两次去见一位地道的荣格派心理学家(那晚我见她时,她问了我两次,有没有接受过精神分析)。她告诉我她真是希望西摩能和更多的人**打交道**。话音未落又说她真是很爱他的,诸如此类的话,还说在他上电台广播的那几年里,她一直近乎虔诚地收听他的节目。我知道的就这些,只是你**必须**去参加婚礼。如果你不去,我这辈子饶不了你。我可是说真的。母亲跟老爸没法从西海岸赶到这儿来。弗兰妮得了麻疹,此其一。顺便说一句,你听了她上星期做的节目吗?她津津有味地讲了一大段,说她四岁时经常等家里没人的当儿,如何在房间里飞来飞去。那个新的播音员比格兰特差劲——甚至可能比早先的沙利文还差劲。他说她当然只是**梦见**自己会飞咯。小妞儿活脱脱一个小天使,坚持自己的说法,寸步不让。她说她**肯定**自己会飞,因为她回到地面时,手指上总有在电灯泡上抹到的灰尘。我真想见到她。还有你。不管怎么样,你必须去参加婚礼。不得已的话,就开个小差去,反正求你**去吧**。6月4日,下午三点。**压根**没什么宗教仪式,就在六十三街女方祖母的房子里举行。某法官大人会来做主婚人。我不知道房子的门牌号,不过就在离当初卡尔和爱米那个豪宅两扇大门的地方吧。我打算拍电报给沃特,不过依我看他已经上船出发了。**拜托**你去一趟吧,巴蒂。西摩瘦得跟只猫儿一样了,脸上一副心醉神迷的表情,就是让你没法和他说话的那个表情。也许一切都会好的,不过我恨1942年。我想我到死都会恨1942年的,只是总体而言。爱你,等我回来再见吧。

波波

收到这信后三天,我被准许出院,可以这么说,被移交给围绕我肋骨的约莫三码长的橡皮膏来监护了。之后为了获准参加婚礼,我非常艰苦地奔走了一个星期。终于大功告成,全靠我煞费苦心地讨好我那位连长,他自称是个读书人,而且算我运气好,他最喜爱的作家正巧跟我的一样——L.曼宁·瓦因斯。也可能叫海因斯。尽管我们俩有此精神上的纽带,我从他那里充其量也就骗到了三天假期,这些时间顶多让我来得及搭火车到纽约,参加婚礼,在某个地方匆匆搞定一顿晚饭,然后就灰头土脸地赶回佐治亚州。

我记得1942年列车上所有的普通客车车厢都只是名义上有通风设备,车上挤满了大兵,而且满是橘子水、牛奶和黑麦威士忌的味儿。那一夜,我不停地咳嗽,有个好心人借给我一期《王牌连环画报》。火车开进纽约的时候——是婚礼当天下午两点十分——我已经咳得没力气了,筋疲力尽,浑身冒汗,一副衣冠不整的样子,身上的橡皮膏又让我痒得要命。纽约市本身就热得难以形容。我来不及先去我自己的那个公寓,所以就把行李,也就是一只看起来叫人难受的小帆布拉链包,寄存在宾夕法尼亚车站的一只铁箱里。更叫人恼火的是,我当时在都是卖衣服的那一带到处转悠想找一辆空的出租车,一个通信兵部队的少尉穿过第七大道迎面走来,我显然一时疏忽,没有对他敬礼,他便唰地抽出一支水笔,记下了我的名字、军号和通信地址,一伙老百姓在旁边饶有趣味地看热闹。

等我终于钻进一辆出租车时,已经浑身没劲了。我跟司机比画了一阵,他至少可以把我带到"卡尔和爱米"的老房子那里。等我们开到那个街区,倒是发现一切都很容易,只消跟着人群走就行了。竟然还有个帆布搭的天棚呢。没一会儿,我走进一座庞大的褐砂石老房子,有位颇有几分姿色、头发泛着淡紫色的妇人迎了上来,她问我是新郎还是新娘的朋友。我说是新郎一方的。"哦,"她说,"哎呀,我们反正把男女双方的客人都混在一块儿啦。"她笑得花枝乱颤,然后把我领进一个挤满人的特大号房间,那里有最后一把空着的折叠椅。关于那间房里所有具体的细节,十三年来,我脑中始终是一片空白。室内挤得水泄不通,而且热得叫人透不过气来,除此之外,我只记得两桩事:一架风琴几乎贴着我的后背在演奏,还有,坐在我右边椅子上的一位妇人朝我转过身来,热情得犹如演话剧般向我耳语道:"**我是海伦·希尔斯本!**"根据座位来看,我估计她不是新娘的母亲,但稳妥起见,我报以微笑,并亲切地点点头,正要开口说我是什么人,她却仪态万方地把一根手指按到自己的嘴唇上,我们俩便都朝前望去。那时是三点左右。我闭上眼睛,多少有点提防地等着风琴手什么时候从即兴的伴奏突然跳到

《罗恩格林》[2]。

我现在已经记不太清接下来的那一个小时又一刻钟是怎么度过的,除了一个重大事实,即压根就没有响起什么《罗恩格林》。我记得有一小撮分散在室内各处的陌生面孔时不时偷偷地扭过来看看是谁在咳嗽。我还记得我右边的那位妇人又带着同样的激情对我耳语了一回。"准是遇到什么耽搁的事儿了,"她说,"你见过兰克尔法官吗?那可真是一张**圣人**的脸。"我还记得那架风琴有一度竟然从巴赫滑到了罗杰斯和哈特的早期作品,着实稀奇,也透露出演奏者的绝望。不过总的来说,我这段时间不得不硬忍住一阵阵咳嗽,心里则想象着一次次探望自己这个病人,聊以自慰。待在这屋里的每一分钟我都在担惊受怕,很没出息地觉得自己随时都要大出血,或者至少折断一根肋骨,尽管穿着一件橡皮膏的紧身胸衣。

等到四点二十分——或者说得更加不客气点,等到所有合乎情理的猜想都成泡影之后一小时又二十分钟——那位没有结成婚的新娘子,低着头,由父母亲一边一个搀扶着走出那幢房子,颤颤巍巍地迈下一大段石阶,来到人行道上。随后,她几乎是被手把手地安置进路边的第一辆轿车里,那里停着两排租来的豪华黑色轿车。这是充满浓烈的戏剧色彩的一刻——是能够上娱乐杂志的一刻——因而跟一般能上娱乐杂志的时刻一样,拥有全班目击人马,参加婚礼的宾客们(包括我自己在内)已经开始一群群地从房子里往外拥,一个个不管表现得多么彬彬有礼,其实都高度警觉,更别提眼睛瞪得有多大了。这个场面实在叫人痛苦,多亏了当时的天气,这种痛苦的程度才略有减轻。六月的阳光真是又热又晃眼,简直有千百万盏闪光灯的效果,以至于这位新娘迈着近乎半身不遂的步态走下那些石阶时,她的整体形象中最需要模糊的地方真的就模糊起来了。

新娘乘坐的小车从现场刚一消失,人行道上的紧张气氛——尤其是位于路沿的帆布棚的出口那一带,我本人也在那里磨蹭着——便立即退化成一派混乱的状态,如果这房子是座礼拜堂,这一天又是礼拜天的话,肯定会被当作一次刚刚解散的普通的礼拜堂会。跟着,突然又有重要的话被传达下来——据说是新娘的叔叔艾尔宣布的——参加婚礼的宾客们可以使用停在路边的那些汽车；换言之，不管喜宴有没有举行，不管原计划有没有改变，车子照用不误。如果我左邻右里的反应可供参考的话，大家普遍认为这一举动**不失风度**。然而，不言而喻的是，要等一长串叫人望而生畏的人群——所谓新娘的"直系亲属"——先搭乘**他们**所需要的任何交通工具离场之后，这些车子才能被"使用"。于是，大家伙像进入瓶颈期一样莫名其妙地耽搁了一阵子（说也奇怪，这段时间里我定在原处一动不动），然后这帮"直系亲属"总算真的开始退场了，一辆车多则六七人，少则三四人。据我观察，人数的多少根据先占住车厢者的年龄、风度以及屁股的大小来决定。

不知哪一位临走时来了个提议（显然提得干脆利落），我便突然发现自己已经驻守在马路边开始小心翼翼地扶人上车了，就在那个帆布棚的出口处。

我如何会被百里挑一来担当这个职务，这一点值得略加推敲。就我所知，那位选我来干这活的身份不明的中年人根本不知道我是新郎的弟弟。所以，合乎逻辑的看法是，我被选中是出于其他远无诗意可言的原因。那是1942年。我二十三岁，刚刚应征入伍。依我看，纯然是我的年龄、我的军服,以及草绿色军服赋予我的那个显而易见的公仆光圈,赋予了我充当门卫的资格。

我不但年龄二十三岁,而且是个颇为扎眼的二十三岁的弱智。我记得当时我胡乱地把人塞进汽车,什么技巧都说不上。恰恰相反,我干得有点儿装腔作势,摆出一副军校学员般一心一意恪尽职守的神气来。实际上,干了几分钟后,我便清醒地意识到自己是在专门服务年龄偏大、个头偏矮、身材偏胖的那一代人,而我那套揪住人的胳膊再关上车门的表演竟然也越发带上了十足的虚伪劲儿。我开始表现得像个手脚异常敏捷、全心讨人欢喜的青年才俊了,再不时地咳上两声。

可是那天下午的天气,说得不夸张一点也是让人透不过气来,而我这份差事能够给我的补偿在我当时看来肯定是越来越没有眉目了。于是尽管那帮"直系亲属"的人数看起来根本没有减少的苗头,我还是趁一辆刚装满人的车子从路边启动的当儿,猛地一头扎了进去。这一扎,我的脑袋咚地撞在车顶上,非常响亮(说不定就是现世报)。盘踞车厢的人中有一个不是别人,正是那位朝我耳语的新交海伦·希尔斯本,她马上开始对我大表同情。这咚的一声明摆着响彻了车厢。不过像我这种二十三岁的青年,若在公共场合伤到了身体的任何一个部位,除非是脑颅破裂,总不外发出一声空洞的、不太正常的笑声而已。

车子朝西开,简直是一头扎进了那大敞着的傍晚之空的火炉。它一直朝西驶过两条马路,开到麦迪逊大街,往右来了个急转弯,再向北开去。我感觉多亏了这位无名司机的超凡机敏与过人身手,我们一伙人才幸免于难,没有被卷进太阳那可怕的火焰管里去。

在麦迪逊大街上朝北驶过最初四五条横马路时,车里的谈话主要限于"我没有挤着您吧?"和"我一辈子都没这么**热过**"这一类。我刚才在人行道边上的时候曾偷听到不少话,所以知道这个一辈子都没这么热过的人正是新娘子的伴娘。她是个结实的姑娘,约莫二十四五岁,穿一件粉红色的软缎礼服,头发里插着个假的勿忘我小花环。她身上有股鲜明的运动员气质,给人感觉大概一两年前她还在大学里主修体育。她的膝盖上是一捧栀子花,她抱花的样子就好像抱的是个瘪了气的排球。这姑娘坐在车厢后座,屁股挨屁股地挤在她丈夫和一位头戴大礼帽、身穿燕尾服的小个子老头之间,此人正手握一支没点燃的正宗哈瓦那雪茄。希尔斯本太太和我占着中排的折叠座,我们俩朝里的两个膝盖紧挨在一起,倒没有一点儿猥亵的感觉。有两回,我扭过头去看了那小老头一眼,纯然出于激赏之情,毫无任何其他理由。我当初往车里装人、开着车门让这个小老头上车的时候,曾经一时冲动,想一把把他整个儿抱起来,轻轻地从开着的车窗塞进去。他就是小不点儿的化身,身高一定不会超过四英尺九或十,但既算不上侏儒也算不上小矮人。他在车里坐着,只是一味严肃地朝前瞪着眼睛。我第二次扭头看他时,留意到他燕尾服的翻领上有块污渍,非常像肉汤的陈迹。我还留意到他那顶大礼帽离车厢天花板足足有四五英寸……不过总的来说,上车后的头几分钟里,我主要还是念念不忘自己的健康状况。除了害着肋膜炎,且脑袋乌青以外,我还犯了疑心病,怀疑自己得了脓毒性咽喉炎。我坐在那里,偷偷摸摸地把舌头朝后卷,去探查那块我怀疑得了病的地方。我记得,当时我眼睛直勾勾地盯着前面司机的颈背,上面满是疖疤,像幅地形图。突然,我那位折叠座伙伴对我说话了:"刚才在屋里我没机会问你。你那位可爱的母亲近况如何？你不就是小迪克·布里刚扎吗？"

她提问的当儿，我的舌头正摸索着向后卷，已经舔到软腭了。我收回舌头，咽了口口水，转身面向她。她五十岁光景，穿着时髦大方。脸上涂着一层厚厚的面饼一样的脂粉。我回答说不是——我不是。

她冲着我微微眯起眼睛，说我长得活脱是西莉娅·布里刚扎的儿子。看这嘴角吧。我做了个表情，企图表示谁都可能认错人。随后我继续瞪着司机的颈背。车里一片寂静。我朝窗外望去，想换点风景。

"你觉得陆军怎么样？"希尔斯本太太问道。很突兀，很没话找话。

在这个节骨眼上，我的咳嗽发作了，时间不长。等咳嗽一停，我尽量麻利地朝她转过身去，说我结交了一大帮弟兄。我腰际横膈膜处绑着橡皮膏，要朝她的方向侧转身体，对我来说有点儿难度。

她点点头。"我看你们全都是好样的，"她说，有点模棱两可，"你是新娘还是新郎的朋友？"她又问道，轻轻巧巧地触及实质问题了。

"哦,实际上,我确实不好说是哪一方的朋友——"

"你最好别说你是**新郎**的朋友,"那位伴娘从车子后面打断了我的话,"我恨不得两只手卡住那个新郎,卡他个**两分钟**光景。只消**两分钟**,就行了。"

希尔斯本太太转过身去对着说话的人笑了笑,时间很短,但是转足了一百八十度。然后她又面朝前了。事实上我们俩都来回转了一下,几乎行动一致。考虑到希尔斯本太太只朝后转了短短一刹那,她赐予伴娘的这一笑算得上是折叠座上的佳作了。这生动的一笑足以表达出与普天之下所有年轻人之间的无限的战友之情,但最主要还是针对这位生龙活虎、口无遮拦的本地青年代表;希尔斯本太太就算认识她,也至多只是由人马马虎虎地介绍过一下。

"多狠心的娘儿们。"一个男人咯咯笑道。于是希尔斯本太太和我又转过身去。说这话的是伴娘的丈夫。他就坐在我背后,在他老婆的左边。他跟我交换了短短的一瞥,在这暴殄天物的1942年,这种毫无表情、非同志式的瞥视,可能只有在军官和小兵之间才能交换。他是通信兵部队的中尉,戴一顶非常有趣的空军部队飞行员的帽子——有帽舌,但帽顶里面的金属垫圈给拿掉了,这样做通常是为了让戴帽子的人显出某种神勇的气概。不过,这位的帽子看情形可没起到该起的作用。它唯一的视觉效果似乎就是,让我感到自己那顶超大号的大盖帽活脱脱是顶小丑戴的帽子,就像有人刚从垃圾焚化炉里性急忙慌地捡出来的。这人脸色灰黄,且由内而外地透着一股怯懦。他正在冒汗,汗量之大有点令人匪夷所思——前额、上唇,甚至鼻子尖都在冒——简直有必要服用一片盐片。"我娶了方圆百里最最狠心的一个娘儿们。"他对希尔斯本太太说,又温柔地笑出声来。出于对他的军衔条件反射似的遵从,我差点儿就跟着笑起来——这是一种简短无聊的陌生人兼应征入伍者的笑,它可以清楚地表明我拥护他以及车内所有其他的人,表明我不反对任何人。

"我是**说真的**,"伴娘说,"只消两分钟——这就够了,哥们。嗬,只要我能腾出我的两只**小手**——"

"行了,喂,别激动,别激动,"她丈夫说,仍旧一副好好先生的神气,看样子是要好到底了,"只要别激动就好了。你也好多活几年呀。"

希尔斯本太太又朝后座转过身去,对伴娘报以一笑,这一笑简直是要把对方封作圣徒。"有谁在婚礼上见到他有什么亲戚吗?"她温柔地问道,只是把"他"这个人称代词稍微念得重了一点儿——重得丝毫也不过分。

伴娘用足以致命的音量回答:"**没有**。他们全都在西**海岸**还是什么别的地方。我巴不得**见到**他们哪。"

她丈夫又咯咯地笑起来。"你见到了又会咋样呢,宝贝儿?"他问——且不嫌弃地冲我眨眨眼睛。

"哦,我不**知道**,但是我肯定会干点儿**什么**的。"伴娘答道。从她左边传出的咯咯声又高了八度。"哦,我肯定会干的!"她不依不饶起来,"我会对他们说点**什么**的,我是说。我的老天爷。"她越讲越自信,就好像认定我们这些听得到她说话的人受了她丈夫的暗示,也在她的正义感之中发现了某些迷人的率直——叫人为之一振的东西,无论她的这种正义感有多幼稚或者不切实际。"我也不晓得我会跟他们说**什么**。很可能就是唠叨一通白痴的话。可是我的**老天爷**。说真的! 我就是没法眼看着杀人犯逍遥法外。这会让我热血沸腾的。"她暂时没了动静,直到希尔斯本太太假装为之动容地看了她一眼,捧了个场。我和希尔斯本太太这时都已经在我们的折叠座位上超级友善地转了一百八十度。"我是**说真的**,"伴娘道,"做人哪能就是**横冲直撞**,随心所欲地伤害别人的感情呢。"

"我恐怕对那个年轻人了解得很少,"希尔斯本太太说,语调温柔,"事实上,我甚至都没见过他。我最初听说穆丽尔订婚了——"

"**没人**见过他,"伴娘脱口而出,"连我都没见过他。我们彩排了两次,每次穆丽尔那可怜的老爸都得代替新郎的位置,就是因为他那架混账飞机没法起飞。他本应该搭一架陆军的混账飞机,上星期二晚上就到这里的,但又是**下雪**啦,又是科罗拉多,还是亚利**桑那**,还是什么别的鬼地方有什么鬼名堂啦,一直搞到**凌晨**一点才到的,**昨天晚上**。跟着——就在那个鬼时间——他从**长岛**还是什么地方打电话给穆丽尔,要她去一家鬼旅馆的大堂里见他,他们好**谈一谈**。"伴娘意味深长地打了个冷战。"你们是知道穆丽尔的呀。她就是好心肠,阿猫阿狗都能欺负她。这一点最叫我恼火了。到头来吃苦头的总是这种老好人……反正,她就穿好了衣服,钻进一辆出租车,然后就坐在某个鬼大堂里跟他谈,一直谈到凌晨五点差一刻。"伴娘一时放开了栀子花,两个紧握的拳头从膝盖上举起来。"**哦哦哦**,真是气死我了!"她说。

"是哪家旅馆?"我问伴娘,"你知道吗?"我尽量用随意的口气,那感觉就像我父亲可能是搞旅馆生意的,我出于孝心,对于有人来纽约住在哪里感兴趣也是情理之中的事。实际上,我提这个问题几乎毫无用意。我多多少少是有点儿在自说自话。我哥哥让他的未婚妻去一家旅馆的大堂里跟他见面,而不是在现成的公寓里,这一点让我很感兴趣。这一邀请背后的道德感倒并非跟他的性情不合拍,尽管如此,我还是隐隐觉得有趣。

"**我**不知道是哪家旅馆,"伴娘着恼地说,"就是家**旅馆**。"她瞪着我。"怎么了?"她质问道,"你是他的朋友不成?"

她的瞪视分明带着几分恫吓。我眼前仿佛是个由一名女子组成的暴民团,只是因为时间和机缘,她才没有手拿织毛衣的袋子,也没能看到精彩的断头台场面。我这辈子就是怕暴民,任何种类的暴民。"我们小时候在一起。"我答道,几乎听不清楚。

"哼,你好福气!"

"行了,行了。"她的丈夫说。

"哦,**对不起,**"伴娘冲着她丈夫说,不过是说给我们听的,"可你没有在屋里,没有眼睁睁看着那个可怜的妞儿哭了整整一个小时,眼珠都要掉出来了。这不是开玩笑的事情——你别忘了这一点。我也听说过有新郎临阵畏缩这码子事。但你不该**最后关头**来这么一下呀。我是说你不该这样,弄得很多好好的人尴尬得半死,而且差点要了一个小妞儿的命,诸如此类的事!如果他改**主意**了,他干吗不写信给她,看在上帝的分上,至少像个绅士一样跟她分手呢?不要等到都不可收拾了。"

"行了,别激动,你别激动呀。"她丈夫说。他还在咯咯地笑,但听起来有点勉强了。

"哦,我是说真的!他为什么不能写信给她,然后像个**男人**那样告诉她,这出悲剧还有所有的这一切不就都可以避免了?"她冷不丁地突然望向我。"你有没有可能知道他在哪里?"她质问道,声音中带着金属味儿,"如果你们打小就是朋友,你应该有点儿——"

"我两个钟头前才到纽约。"我不安地回答。不光是那个伴娘,这会儿她的丈夫和希尔斯本太太也都瞪着我了。"到目前为止,我都还没有机会挨到电话的边儿。"说到这里,我记得,我又咳嗽了一阵。是真的咳嗽发作,不过我基本上没有想办法忍住不咳,也没试图缩短咳嗽的时间。

"你的咳嗽看医生了吧,大兵?"等我这一阵咳过之后,中尉问我。

这当口,我又是一阵乱咳——可真怪,这次也完全是真的发作。我当时在折叠座上仍然保持着半边到四分之一朝右坐的状态,但出于卫生的考虑,我咳嗽时就把身体朝着车的前方扭过去。

我觉得有必要现在插进一个段落,来回答几个难题,虽然这样做看起来有点不合规矩。首先,为什么我要一直坐在那车里?撇开一切偶然因素不谈,据说这辆车的使命是把乘客们送到新娘父母的寓所里。不管我能从那个筋疲力尽、没有结成婚的新娘或者她那心烦意乱(而且很有可能是怒火中烧)的双亲那里获得多少一手、二手的消息,都不足以抵消我在他们寓所里现身所能引起的尴尬。那么,为什么我要继续坐在那车里?为什么我不趁，比方说，红灯的时候就跳车走人呢？还有，更明摆着的是，为什么我当初要上这车呢？……我觉得，对于这些问题至少能有一打答案，而且不管有多牵强，全都是讲得通的。然而，我想我可以完全弃它们于不顾，而只重复一点：那年是1942年，我二十三岁，新近入的伍，新近听人告诫跟组织靠拢是不会错的——而最主要的是，我很孤单。你就是会跳进一辆装满人的车子，坐好了就不下来了，我这样觉得。

言归正传，我记得那三个人——伴娘、她的丈夫、希尔斯本太太——结成联合阵线瞪着眼看我咳嗽，我则朝后排的小老头瞥了一眼。他仍然直勾勾地盯着前方。我注意到他的两只脚几乎碰不着地，这简直让我心生感激。这双脚就像我的一位弥足珍贵的老朋友。

"这个男人到底是**干吗**的？"

等我从第二阵咳嗽中缓过劲来后，伴娘对我说。

"你是说西摩吗？"我说。起先，从她的语气明显能感到她是想到了什么极端不光彩的事。跟着，我突然想——而且完全是出于直觉——她很可能掌握了一大堆乱七八糟的关于西摩的个人资料；换言之，是那些低级的、夸张得叫人摇头的，并且(在我看来)基本上属于误导性质的资料。不外乎说他就是比利·布莱克，小时候有六年时间是全国广播界的"名人"。要么就是他十五岁就进了哥伦比亚大学，诸如此类的。

"对，**西摩**，"伴娘说，"他参军前都干些什么呢？"

我的直觉再次如灵光一现般提醒我，她对西摩知道得不少，但出于某种原因，她不愿意稍事透露。她似乎至少清楚地知道西摩在入伍前教过英语——知道他曾经是个教授。**教授**。事实上，我那时看着她，心里产生了一个很不舒服的念头，我觉得她甚至可能知道我就是西摩的弟弟。我也不想跟这个想法多纠缠，相反，我目光躲闪不定地看着她的眼睛，道："他以前是个手足病医生。"说罢我陡地掉过头去，望向窗外。车子静止不动已经有几分钟了，我这才听到远方有军乐队的鼓声，是从列克星敦大街还是第三大道的方向传过来的。

"是在游行！"希尔斯本太太说。她也转过身来了。

我们这时是在八十五到八十九街之间。有位警察在麦迪逊大街的街心值勤,正在让所有南北向的车辆停下来。我看下来的感觉,他只是在让车辆停止前进;就是说,并没有指挥车辆朝东还是朝西开。有三四辆小车和一辆公共汽车等着往南开,而朝城北开的车碰巧只有我们这一辆。在最近的街角,还有我看得到的通往第五大道的小街道的前面一段,有两三排的行人正站在街沿和人行道上,显然是在等着看一队士兵从他们位于列克星敦大街或第三大道上的集合点出发经过这里,也可能是一队护士,一队童子军,或者一队随便什么人吧。

"哦,**天哪**。这谁料得到呀?"伴娘说。

我转过身去,脑袋差点跟她的撞在一起。她正探出身子,差一点儿就嵌在我跟希尔斯本太太中间了。希尔斯本太太也向她转过了身,脸上带着很是痛苦的表情,算是对伴娘的回应。"我们怕要在这儿待上几个**星期**了,"伴娘说,一边朝前伸长了脖子,从司机座前的挡风玻璃望出去,"我**这会儿**就该到那里了。我跟穆丽尔和她母亲说了,我会搭头几辆车子,**五分钟**左右就能到他们家了。哦,天哪!我们难道一点儿**辙**都没有吗?"

"我也应该在那里的。"希尔斯本太太飞快地接口道。

"是呀,我可是郑重地**答应**过她的。房间里该挤满了各种各样吓人的七大姑八大姨,还有毫不相干的陌生人,我就跟她说我会拿上十把刺刀给她**站岗**,确保她能一个人待会儿,而且——"她打住了话头,"哦,天哪。太糟糕了。"

希尔斯本太太微微干笑了一声。"恐怕我就是那些吓人的七大姑中的一个咯。"她说。她明显是被冒犯了。

伴娘望着她。"哦——对不起。我不是说你。"她往自己的座位背上一靠,"我只是说他们的房子那么小,如果大伙儿都成打地往里拥——你知道我的意思。"

希尔斯本太太没作声,我也没有朝她看,不知道伴娘那句话到底把她冒犯到了什么样的程度。不过我倒是记得,我对于伴娘道歉时的语气不知为什么印象很深,就是她为一时失口说了"吓人的七大姑八大姨"而道的歉。这个道歉是真诚的,但是并没有尴尬的成分,更妙的是,也一点没有巴结的意味。我一时觉得,尽管她的义愤填膺和慷慨激昂都像是作秀,但她身上**确乎**有某种刺刀般的品质,倒也叫人有点儿肃然起敬。(我要立马澄清一下,我在这件事上的看法可供参考的价值微乎其微。对于道歉有分寸的人,我常常抱有过分的好感。)然而,关键的一点在于,就在那个当口,对于那位失踪的新郎,我心里第一次感到一股小小的反感的波浪翻滚而过,依稀可辨的波峰上的白色泡沫正是对他的无端缺席的不满。

"让我们看看能不能采取一点行动。"伴娘的丈夫说。这是一个在炮火下依然镇定自若的男人的声音。我感觉他在我的背后做了一番部署,然后,突然,他的脑袋探进了我和希尔斯本太太之间那点儿有限的空间。"司机!"他厉声道,然后等着对方的回答。回应很及时,中尉的声音也就变得柔和了一点儿,更富民主精神:"你看我们要在这里困多久啊?"

司机转过身来,说:"你算是问倒我了,老兄。"随即又转身朝前。他全神贯注地看着十字路口发生的事。几分钟之前,一个小男孩拿着一只半瘪的红气球跑进已经清空的街心禁区。他的老爹刚刚抓住他,正把他往街道边上拽,还半捏着拳头在男孩的肩胛骨之间来了两拳。富有正义感的人群立即对这一行为起了一下哄。

"你们**看到**那个男人对那**孩子**干的好事啦?"希尔斯本太太问大家。没人理她。

"不如去问问那个警察吧,看我们还要在这里耽搁多久。"伴娘的丈夫跟司机说。他仍然向前探着身子。他的第一个问题得到一个凝练的回答,而他显然对此很不满意。"要知道,我们都有急事。你看能不能过去问问他我们还要在这儿耽搁多久?"

司机头也没回,大大咧咧地耸了耸肩。但他还是熄了引擎,爬出车子,砰地摔上大轿车笨重的车门。他是个邋遢的、壮得像公牛的家伙,身上的司机制服没有穿全——一件黑色的哔叽上衣,但是没戴帽子。

他走路的样子就算说不上傲慢,也的确够自在的,几步到了十字路口,那个叽里呱啦的警察正在那里指挥调度。这两人便站着聊了起来,也不知过了有多久。(我听见伴娘在我身后发出一声呻吟。)跟着,两人突然哈哈大笑起来——就好像他们根本不是在交谈,而是交换了几段下流笑话。跟着,我们的司机对警察友好地挥挥手,一边还自顾自地乐着,慢慢悠悠地踱步回到车子边上。他上了车,砰地关上车门,从放在仪表板上方横格上的一包香烟中取出一支,把烟夹在耳朵后面,这才转过身来向我们汇报。"他不晓得,"他说,"我们得等游行队伍经过这

031

里。"他漫不经心地最后扫了我们一眼。"队伍一过,我们就能大步前进啦。"他转身向前,把烟从耳朵上拿下来,点着了。

车子的后座上传来伴娘的一阵音量十足的悲叹,充满懊恼和愤懑。接着就安静了。我扭头去看那个手拿没有点着的雪茄烟的小老头,这是那几分钟里我第一次去看他。他对这样的耽搁似乎无动于衷。他有一套坐在车子后座的行为标准——无论是行进中的车子,停着不动的车子,还是,你禁不住要想,正从桥上往河里冲的车子——这套标准是固定不变的。真是简单得登峰造极。你只消直挺挺地坐着,在你的大礼帽和车顶之间保持四五英寸的距离,眼睛气势汹汹地盯着前面的挡风玻璃。如果死神——死神一直都在那里,可能就坐在车头上——如果死神奇迹般地穿过玻璃走进车里来找你,那十之八九你就会站起身,跟着他走了,气势汹汹地,但也是无声无息地。很可能你还能带上你的雪茄,如果是支正宗的哈瓦那雪茄的话。

"我们怎么办?就<u>坐</u>在这里吗?"伴娘说,"我快热死了。"我和希尔斯本太太转过身去,刚好看见她望着她丈夫,这是他们上车以后她第一次直视她的丈夫。"你就不能挪过去一点儿吗?"她对他说,"我给挤得呀都快透不过气来了。"

中尉意味深长地摊开双手,一边咯咯地笑。"我简直就是坐在挡泥板上啦,小兔子。"他说。

伴娘于是乎又向她的另一个同座看去,表情混杂着好奇和不满,而这一位似乎无意间下定了决心要博我开心,竟然占据着远远超过他所需要的空间。在他的右臀和靠窗的扶手之间足足有两英寸的距离。伴娘无疑也注意到了,但是尽管她是个铁娘子,要跟这样一个让人望而生畏的人物理论,她却还没那个胆。她又扭头冲着她丈夫。"你能拿一下你的烟吗?"她烦躁地说,"我们这样挤得什么似的,我根本没法掏出我的烟。"说到"挤得什么似的",她转过脑袋,飞快地不言自明地向那个小不点罪犯瞪了一眼,谁让他占了她认为应该是属于她的空间呢?小不点仍然一副超然物外的姿态。他继续瞪视着前方,朝着司机的挡风板。伴娘望向希尔斯本太太,意味深长地抬了抬眉毛。希尔斯本太太脸上堆起充满理解和同情的表情。这时,中尉把他的体重移到左臀,也就是靠窗的那半边屁股,从他淡褐色军裤右边的裤兜里掏出一包香烟和一个火柴盒。他的老婆抽出一支烟,等着火,擦亮的火柴立即凑了上去。我和希尔斯本太太盯着点烟的全过程,仿佛这是什么诱人的新鲜事儿。

"啊,请**原谅**。"中尉突然说,一边把他的那包烟递给希尔斯本太太。

"不用,谢谢。我不抽烟。"希尔斯本太太马上说——几乎带着遗憾。

"大兵?"中尉说,他略一迟疑,很难察觉到,然后还是把烟递给我了。说实话,我一时有点喜欢他,就是因为他的这个客气的举动,一般的礼貌还是战胜了等级观念,但我还是谢绝了香烟。

"我能看看你的火柴吗?"希尔斯本太太说,声音几乎怯生生的,像个小姑娘一样。

"这个吗?"中尉说。他爽快地把那盒火柴递给了希尔斯本太太。

我兴味十足地注视着这一幕,希尔斯本太太则仔细地观察起火柴盒来。在外壳上,红色的背景上面印着几个金色字样:"此火柴窃自鲍勃和艾迪·波维柯家。""**多**

可爱呀，"希尔斯本太太说，一边摇晃着脑袋，"真是可爱呀。"我试图用表情示意我不戴眼镜也许看不清写的是什么字；我不置可否地乜斜着眼睛。希尔斯本太太看起来老大不愿意地把火柴盒还给了它的主人。等她放开手，中尉把火柴盒放进上衣的胸袋里，她又说："我从来也没见过这样的火柴盒。"她这时已经几乎在折叠座上往后转了一百八十度，坐在那里相当亲热地凝视着中尉的胸袋。

"我们去年定制了一堆这样的火柴盒，"中尉说，"这玩意儿着实稀奇，保管你不会再缺火柴。"

伴娘转向他——或者不如说是针对他。"我们可不是为了**这个**去定制的呀。"她说。她看了希尔斯本太太一眼，那意思是说"你知道男人是怎么回事的啦"，然后对她说："我不知道。我就是觉得挺逗的。俗是俗，多少有点儿逗。你知道的。"

"很可爱的。我从来也没有——"

"说实话，这根本不是什么别出心裁的玩意儿。现在都人手一个了，"伴娘说，"实际上，我最初是从穆丽尔的爹妈那里学来的。他们屋里放得到处都是。"她深吸了一口烟,继续往下说,说一个字吐出一点儿烟来。"**天**,他们可都是大好人。今天这事,就是这一点我**实在**想不通。我是说这样的事为什么不发生在世上所有的混蛋身上呢,为什么倒霉的偏偏是好人?我就是这点想不明白。"她望着希尔斯本太太,等着她的回答。

希尔斯本太太微微一笑,这一笑既老于世故,又无可奈何,而且神秘莫测——这一笑,在我的记忆中,是某种汽车折叠座上的蒙娜丽莎的微笑。"我常自纳闷呢。"她若有所思地柔声说。接着她模棱两可地提了一句:"穆丽尔的母亲是我已故丈夫的妹妹,要知道。"

"哦!"伴娘很感兴趣地说,"嗯,那么,**你是知道的**咯。"她伸出长得出奇的左臂,把烟灰弹在她丈夫边上车窗旁的烟灰缸里。"我是真觉得她是我这辈子遇到的少数几个真正了不起的人。我是说,她差不多把出版过的书都读了个遍了。我的天,这位女士读过的书,其中她已经**忘**了的那些书,我哪怕就读过里面的十分之一,我也心满意足了。我是说,她**教过**书,她在**报馆**工作过,她设计自己的**衣服**,她家大大小小每桩**家务**她都亲自动手。她的烹饪技术**举世无双**。天哪!我是真觉得她是最了不——"

"她同意这桩婚事了吗？"希尔斯本太太打断了她，"我是说，我这样问也是事出有因，我在底特律待了好几个礼拜。我的嫂子突然过世了，我已经——"

"她人太好了，她不会说什么的。"伴娘直截了当地说。她摇了摇头。"我是说她太——**谨慎**了，之类的。"她想了想。"事实上，今天早晨是我第一次听她就这件事说了一句不好听的话。这也无非是因为可怜的穆丽尔让她看着太伤心了。"她伸出手臂，又弹了弹烟灰。

"今天早晨她说什么了？"希尔斯本太太贪婪地问。

伴娘似乎沉思了片刻。"嗯，也没什么，真的，"她说，"我是说，没有什么小心眼儿或者真的**损人**的话，或者诸如此类的吧。她也就是说这个西摩是个潜在的同性恋，他基本上就是害怕婚姻，就这些。我是说她没有说什么恶毒的话，没有的。她说的话——你知道的——很有水平的。我是说她自己接受精神分析也已经有年头了。"伴娘看着希尔斯本太太。"这也不算什么**秘密**。我是说菲德尔太太自己也会跟你说的，所以我也没泄露机密什么的。"

"这我知道,"希尔斯本太太急忙说,"她这个人呀,是全世界最不——"

"我要说的是,"伴娘说,"她不是那种说这样的话不经大脑的人,她要是说了这样的话,那她知道自己是有根有据的。而且要不是可怜的穆丽尔那么——你知道的——那么要死要活的,她**压根**就不会说这话的。"她一本正经地摇摇头。"天,你要是看到那可怜的妞儿就明白了。"

毫无疑问,我应该在这里打断故事,描述一下我对伴娘这些话中的主要内容有什么样大致的反应。然而,眼下我宁愿先把它搁一搁,如果读者能有耐心的话。

"她还说了些什么?"希尔斯本太太问,"我是说蕾娅,她还说了什么吗?"我没去看希尔斯本太太——我的眼睛没法离开伴娘的脸——但我一时间有一个荒唐的念头,觉得希尔斯本太太几乎是坐在那位主讲者的大腿上了。

"没有,没什么了。几乎没再说什么了。"伴娘摇摇头,一副若有所思的样子,"我是说,就像我说的,她本来是**什么**都不会说的——那么多人围在一旁呢——要不是穆丽尔这么难过的话。"她再次弹掉烟灰。"她另外就只说了一句话，说这个西摩真的是个精神分裂症患者，而且如果你用正确的眼光来看待这件事情的话，现在这个样子，其实对穆丽尔反而是件好事。这样说**我**觉得有道理。但是我不知道穆丽尔会不会也这样看。他把她**哄弄**得团团转，她根本连东南西北都分不清了。这就是我最——"

她讲到这里，被人打断了。是被我。我记得，我当时声音有点发颤，当我特别心烦意乱的时候就会那样。

"菲德尔太太凭哪一点得出结论说，西摩是个潜在的同性恋加精神分裂症患者呢？"

所有的眼睛——简直是所有的探照灯——伴娘的眼睛、希尔斯本太太的眼睛，甚至那个中尉的眼睛，都齐刷刷地集中到了我身上。"什么？"伴娘对我说，声音刺耳，略带着敌意。又有一个刺人的想法在我脑中一闪而过：她知道我是西摩的弟弟。

"菲德尔太太凭什么觉得西摩是个潜在的同性恋加精神分裂症患者呢？"

伴娘瞪着我，跟着意味深长地从鼻子里出了口气。她转而对着希尔斯本太太说，语气极尽冷嘲热讽之能事:"耍出今天这样一个花招的人,你难道还能说他是**正常**的吗?"她眉毛一扬,等着对方的回答。"你会吗?"她故意慢条斯理地问,"说实话。我不过是问一声。因为这位先生不明白。"

希尔斯本太太的回答那才叫一个心平气和、一个合理公正。"不会,我当然不会。"她说。我突然有一阵强烈的冲动,就想跳出车子,拔腿飞奔,管他东南西北呢。然而,我记得,我当时仍然坐在我的折叠座上,伴娘则又对着我开口了。"听着,"她说,声音装得很有耐心,就像老师对待一个不仅智商有问题而且总是讨人厌地流着鼻涕的小孩,"我不知道你对人了解多少。但是哪个神志健全的人会在婚礼的前一个晚上整整一夜不让他的未婚妻睡觉,喋喋不休地向她唠叨自己感觉太**幸福**了,没法结婚,因而她必须**推迟**婚礼,等他情绪**稳定**些再说,否则他就没法出席婚礼?**之后**,他的未婚妻像对一个**孩子**一样对他解释说,已经准备了好几个月啦,都一切就绪啦,她父亲已经花了不知多少钱,费了不知多少劲儿来准备喜筵以及一切的一切,而且她的亲朋好友正从**全国各地**赶过来——之后,等她把该说的都说了,这个男人对她说他非常抱歉,但是他没法结婚,要等到他的**幸福感**不那么强烈了,诸如这样的疯话!你给我好好想想,如果你不介意的话。这听起来像是**正常**的人吗?这听起来像是心智健全的人吗?"她的声音这会儿已是尖厉刺耳。"这听起来难道不像是应该被关进疯人院的人吗?"她横眉立目地看着我,见我既没有立即声辩也没有举手投降,她在座位上重重地往后一靠,对她丈夫说,"请再给我支烟。快烧我手指了。"她把还燃着的烟蒂递给丈夫,他替她弄灭了。然后他又掏出那包香烟。"你把它点上,"她说,"我没力气了。"

希尔斯本太太清了清喉咙。"我听上去,"她说,"没准倒是件好事,这个样子——"

"我问**你**,"伴娘冲她道,又一轮新劲头上来了,一边从她丈夫手里接过新点上的烟,"那听起来像是个正常人——像个正常的**男人**吗——你觉得?还是听起来像个要么根本没**长大**的人,要么就是不折不扣的胡言乱语的疯子?"

"老天,我实在不知道说什么。我就是觉得倒像是塞翁失马,这样——"

伴娘忽然坐直了身子，精神抖擞，鼻孔里喷出烟来。"得了，别管了，别提这个了——我心里清楚。"她说。她对着希尔斯本太太说，但实际上，可以说她是通过希尔斯本太太的脸在对我说。"你见过××吗，电影里的那个？"她问道。

她提起的名字是当时一位相当著名的——如今，1955年，已经是大大有名的——女演员兼歌手。

"见过。"希尔斯本太太立即饶有兴味地说道，等着下文。

伴娘点点头。"那好，"她说，"你有没有碰巧注意到，她的笑容有点儿歪？就是脸的一边，有那么一点儿？很容易注意到，如果你——"

"**有——有**，我注意到的！"希尔斯本太太说。

伴娘深吸一口烟，对我瞥了一眼——几乎难以察觉。"哦，那是某种局部**麻痹症**。"她说，说一个字吐一口烟，"你知道她是怎么弄成这样的吗？就是这位名叫西摩的**正常**人打了她，结果她脸上给缝了九针。"她伸出手（可能是因为没有其他更好的舞台指示）又弹了弹烟灰。

"我可以问问你是从哪里听说的吗？"我说。我的上下嘴唇轻轻地打战,像两个傻瓜。

"可以啊,"她说,没看我,看着希尔斯本太太,"两个小时以前穆丽尔的母亲碰巧提起的,那时穆丽尔正哭得死去活来的。"她看着我,"你的问题得到解答了吗?"她突然把她那束栀子花从右手换到了左手。这是我见到她做的最接近表现内心紧张的一个常规动作。"顺便说一句,供你参考而已,"她看着我说,"你知道我认为你是谁吗?我认为你就是这个西摩的弟弟。"她打住了,就一小会儿,见我不吭声,就又说,"看他那张劳什子的照片,你**看着**就像他,而且我碰巧知道西摩的弟弟要来参加婚礼的。是他妹妹还是谁告诉穆丽尔的。"她目光牢牢地锁住我的脸。"你是他弟弟?"她单刀直入地问。

我回答的时候声音肯定有点儿嘶哑。"是的。"我说。我的脸在发烧。然而,在某种程度上,我对自己的身份认同反而不那么别扭了,自从那天早些时候下了火车之后,我心里就一直别扭着。

"我早就**知道**你是的,"伴娘说,"我又不**笨**,你要知道。你一上车我就知道你是谁。"她扭头冲着她丈夫,"他一上车我不就说他是他弟弟?我是不是那么说来着?"

中尉稍微改变了一下坐姿。"哦,你说他可能——是的,你说过的。"他说,"你说过的。是的。"

不用扭头去看,就知道希尔斯本太太是多么全神贯注地留意着这一事件的最新动态。我的目光越过她,偷偷瞥向她身后的那第五位乘客——那个小老头——看看他那份与世隔绝的姿态是否仍然保持得完好无缺。正是如此。从来没有哪个人的冷漠给过我如此大的安慰。

伴娘又冲我来了。"再供你参考一下,我也知道你的哥哥不是什么**手足病医生**。所以别来这套噱头了。我刚好知道他就是《智慧之童》这个节目里的比利·布莱克,播了能有五十**年**吧。"

希尔斯本太太突然踊跃地加入了这场对话。"那个广播节目吗?"她询问道,我感觉到她看我的目光里有了新的、更强烈的兴趣。

伴娘没有回答她。"**你**是哪一个?"她对我说,"**乔吉·布莱克**吗?"她的声音中掺杂了粗鲁和好奇,倒是挺有趣的,虽然还不至于让人消气。

"乔吉·布莱克是我弟弟沃特。"我说,只回答了她的第二个问题。

她转身面向希尔斯本太太。"说是要把这当个什么**秘密**之类的,不过这个家伙跟他的哥哥**西摩**都用假名什么的参加过这个广播节目。**布莱克家的孩子们。**"

"别激动,宝贝儿,别激动。"中尉不安地提醒道。

他的老婆转身对着他。"我没法**不**激动。"她说——对她的这种金属作风(不管是否货真价实),我突然又是一阵小小的敬佩,虽然完全违背我的意识。"他的哥哥据说是**聪明**得不行,真是天晓得,"她说,"**十四岁**就进大学啦,诸如此类的。如果他今天对那妞儿干的事也算聪明的话,那我就是圣雄甘地!我才不管呢。真是叫我恶心!"

就在这时,我又觉得哪里多出了一点儿不舒服。有人正在非常仔细地打量我左侧的面孔,我比较虚弱的那一侧。是希尔斯本太太。我陡地转向她,她略微吓了一跳。"可以请问您就是巴蒂·布莱克吗?"她说,声音中某种恭敬的语气让我有那么一刹那禁不住以为她就要递给我一支钢笔和一本摩洛哥皮面的小本子,让我签个名呢。这个短暂的念头让我着实感到不安——只要想想这时是1942年,离我之前的事业巅峰期已有九年还是十年了。

045

"我会这么问是因为,"她说,"我丈夫以前一直收听这个节目,从不间断,每个——"

"如果你想知道的话,"伴娘打断了她,看着我说,"这个广播节目恰恰是我一向深恶痛绝的。早熟的孩子让我深恶痛绝。要是我有一个这样的孩子——"

她的下半句我们都没听到。毫不留情地突然打断她的是一阵我所听到过的最刺耳、最震耳欲聋、音色最**不纯**的E调军号声。我肯定,车里的每个人都真的跳起来了。这时候,只见一支鼓号队行军经过,由一百来个看来完全五音不全的海军童子军组成。这帮孩子刚开始吹打《星条旗永不落》,那气焰跟少年犯一样肆无忌惮。希尔斯本太太很明智地用两只手捂住了耳朵。

感觉有那么永无止境的几秒钟,这噪声大得让人难以置信。只有伴娘的嗓音才可能压过它——或者说,只有她才敢试一试。她开口的时候,你可能会以为她是从很远的地方扯足了嗓门在跟我们说话,也许是在扬基运动场的露天看台那一带。

"我受不了啦!"她说,"我们出去吧,找个地方打**电话**!我必须给穆丽尔打个电话,说我们给耽搁了!她该急疯了!"

外面开始大闹天宫的时候,我跟希尔斯本太太都转身朝前去看个分明。这时候,我们又在折叠座上转过身去对着这位领袖。很可能,她就是我们的大救星。

"七十九街上有家施拉夫特糖果店!"她冲着希尔斯本太太吼,"我们去喝瓶**汽水**,我可以在那里打**电话**!那里至少会有空调!"

希尔斯本太太起劲地点点头,嘴巴无声地说了一句:"行!"

"你一起来!"伴娘对我大喊一声。

我记得,我当时大声地来了一句很夸张的"好!",自然得**非常**奇怪。(直到今天,要解释伴娘为什么在弃船登岸的时候把我也邀请在内,仍然不是件容易的事。也许只是出于一个天生的领袖的秩序感。她可能有某种模糊但是不能克制的冲动,登岸时必须要全体人马齐备……至于我自己何以如此爽快地接受邀请,我倒觉得容易解释得多。我倾向于认为,这本质上是一种宗教冲动。在某些禅宗寺庙里,有一条规定,即便算不上唯一一条强制执行的戒律,也是一条最基本的规定,即当一名和尚向另一名和尚高叫一声"嗨!",后者必须不假思索地回应一声"嗨!"。)

伴娘接着转身第一次直接对她身边的小老头发话了。小老头竟依然瞪视着前方,就好像他自己眼前的那一道风景丝毫没变过,这一幕令我至死都会感到心满意足。他那支没有点燃的正宗哈瓦那雪茄还是紧紧地夹在两根手指之间。见小老头对于身边这支鼓号队正在制造的可怕噪声全然无动于衷,也可能是鉴于那条"八十岁以上的老人不是完全聋了就是听觉相当糟糕"的铁律,伴娘把嘴巴凑到了离他左耳朵一二英寸的地方。"我们要下车啦!"她冲他喊——几乎是冲他的大脑,"我们打算找个地方打**电话**,可能喝点什么!你想跟我们一起去吗?"

老头反应极快,精彩得简直没话说。他先看看伴娘,再看看我们大家,然后咧嘴一笑。这一笑完全莫名其妙,却并不因此就减少几分光彩。他的一口假牙假得不能再假,美轮美奂,有超验主义色彩,同样不会让他的笑容减色。他带着疑问对伴娘看了短短一刹那,那笑容保持得完好无缺。或者还不如说,他是带着期待看**向**她——就仿佛,我觉得,他以为伴娘,或者我们中的哪一位,正满心欢喜地要把一只野餐篮子递过去给他。

"我看他没听清你的话,亲爱的!"中尉喊了一声。

伴娘点点头,再次把她那扩音器般的嘴凑到了老头的耳朵上。她用着实值得称赞的音量又向老头发出了一遍撤离汽车的邀请。从表面看来,老头再一次显得对这世上任何建议都会百依百顺——哪怕是叫他一路小跑然后跳进东河里去泡一泡。不过,他同样再一次让人不安地感觉他对别人跟他说的话一个字也没听进去。他的一个冷不丁的动作证明了这种感觉是正确的。他的嘴咧得老大,对着我们全体一笑,一边举起拿着雪茄的那只手,用一根手指意味深长地先碰碰自己的嘴巴,然后碰碰耳朵。他做这个手势时的样子,就好像一心要跟我们分享一个什么地道的一流笑话,而这手势正是跟这个笑话有关的。

这时,我身旁的希尔斯本太太做了一个恍然大悟的小动作,很明显——几乎是身子蹦了一下。她碰碰伴娘裹在粉红色软缎里的胳膊,叫道:"我想起来他是谁了!他又聋又哑——他是个聋哑人!他是穆丽尔父亲的大伯!"

伴娘的嘴唇发出一个无声的"哦!",她霍地在座位上一转身,朝向她的丈夫。"你有纸和笔吗?"她冲他吼道。

我碰碰她的胳膊,喊了一声**我有**。我急吼吼地从上衣的内袋里掏出一个小本子和一截铅笔头——好像我们就快没时间了似的,也不知为什么——那是我才从本宁堡连队值班室的一只写字台抽屉里搞到的。

我的字迹大得有点过头,纸上写道:"我们被游行队伍拦住了,不知要到什么时候。我们要去找个地方打电话,喝点冰的饮料。你想一起去吗?"我把纸一折二,递给伴娘,她打开看了一遍,然后递给那个小老头儿。他看了,咧嘴笑笑,然后看着我,脑袋重重地上下点了好几次。我一度以为他的回答这样就很完整,很说明问题了,哪知他突然又对我做了个手势,我看出他是要我把本子和笔递给他。我照办了——没去看伴娘,烦躁的巨浪正从她那里汹涌而起。老头万分小心地把本子和笔在膝盖上放好,然后举着笔坐了一会儿,显然是在集中精神思考,脸上的笑容只略微收起了一点儿。然后铅笔动了起来,颤颤巍巍地。最后加完 i 上的那个点儿,这才把纸笔还给我,脑袋又额外地点了一下,亲切至极。他只写了三个字,"很荣幸",有几个字母没成形。伴娘从我肩后探头看到了,发出很像打鼾一样的声音,但是我立即回头去看这位伟大的作家,试图用我的表情示意我们车内每一位都是识货的人,知道这是一首好诗,并因此心存感激。

于是,一个接一个,我们从两边车门下了车——是下船,弃船于麦迪逊大街的街心,于一片火热的、黏糊糊的碎石之洋。中尉逗留了片刻,告知司机我们已集体哗变。我记得很清楚,鼓号队仍在没完没了地行进中,噪声也丝毫没有减轻。

伴娘和希尔斯本太太带路往施拉夫特糖果店走去。她们肩并着肩——简直像是先头兵——沿着麦迪逊大街的东侧往南走。中尉跟司机简单说完之后,也赶上了她们。或者说几乎赶上了她们。他落在她们身后一点儿,为的是悄悄掏出皮夹子,显然要看看自己带了多少钱。

新娘父亲的大伯跟我两个人殿后。不管老头是直觉意识到我是他的朋友,还是仅仅因为我是本子和铅笔的主人,反正他跟我并肩走是一个健步蹿上来的,而不是自然而然跟上来的。他那顶迷人的丝质礼帽的顶部还不及我的肩高。为了照顾他腿的长度,我把我们的步子定在一个相对比较慢的速度。大概过了一条马路之后,我们跟前面的人已经拉开很长一段距离了。我觉得我们俩谁也没为此担心。我记得,我们这样一路走的时候,偶尔会很有礼貌地互相打量一下,交换几个傻乎乎的、不胜荣幸的快乐眼神。

等我和我的旅伴赶到施拉夫特糖果店位于七十九街的旋转大门前时,伴娘、她的丈夫和希尔斯本太太已经在那里站了好几分钟了。我那时感觉,他们就像一个叫人生畏的三人纵队,在那里严阵以待。他们本来正在说话,但是我们这两个杂牌军过来,他们就住口了。仅仅几分钟前,在车里,当那支鼓号队呼啸着经过时,一种大家都感觉到的不适,几乎可以说是痛苦,曾经让我们这个小团体有一种类似同盟军的感觉——就像库克旅行社组织的游客们在庞贝古城遇到特大暴风雨时会暂时出现的情况。等我跟小老头儿到达施拉夫特糖果店的旋转门前时,这场暴风雨已经过去了,这再清楚不过了。伴娘同我交换的眼神只是说明我们互相认得,而不是互相致意。

"这里装修关门了。"她冷冷地说,眼睛盯着我。她毫无疑问又把我当成外人了,虽然是非正式的,于是就在那一刻,原因不值得细究,我感到孤立无援,深深的寂寞,远胜于这一整天所感受到的落寞。值得一提的是,我的咳嗽也同时自动发作了。我从后裤袋里掏出我的手绢儿。伴娘转向希尔斯本太太和她的丈夫。"这一带**什么**地方有家朗香餐厅,"她说,"但是我不知道在哪里。"

"我也不知道。"希尔斯本太太说。她看上去都快哭出来了。在她的前额和嘴唇上,汗珠甚至透过面饼一样厚的脂粉渗了出来。她的左胳膊下面夹了一只黑色漆皮手提包。她抱着包的样子就像是抱了一个心爱的洋娃娃,而她本人则是个离家出走的非常不快乐的小孩,脸被当成试验品涂脂抹粉。

"出租车是说什么也别想叫到了。"中尉悲观地说。他因疲惫看上去也更狼狈了。他那顶"帅哥飞行员"帽扣在那张苍白、汗淋淋的毫无勇猛气概可言的脸上,不协调得近乎残忍。我记得当时有种冲动,想唰地一把拍掉他的帽子,或者至少把它戴戴正,调整到一个不那么歪的角度——这种冲动,就一般动机而言,在小孩的游戏聚会上可能你也会感觉到,在那样的场合总会有一个特别其貌不扬的小孩,戴顶大纸帽,耳朵被压住了一只,或者两只都给压住了。

"哦,上帝,多倒霉的一天啊!"伴娘代表我们大家说。她自己浑身湿透了,那个假花环也歪了,不过,在我看来,她周身唯一真正脆弱易损的东西是跟她最不相干的一个附件——那束栀子花。她仍然把花握在手里,尽管全然心不在焉。栀子花显然经不起如此的折磨。"我们**怎么办**?"她问,这口气在她算是很抓狂了,"我们不可能**走**过去。他们可是住在**里弗**代尔。谁有什么好主意吗?"她先看看希尔斯本太太,然后看看她丈夫——然后,可能是真的没辙了,看了看我。

"我在附近有套公寓,"我突然神经紧张地说,"就在过去一条横马路的地方。"我有种感觉,我透露这一信息时声音有点儿太大了。我甚至可能是喊着说的也未可知。"是我哥哥和我的。我们入伍后,我妹妹住在那里,不过她现在不在。她在海军女子预备队,去外地了。"我看着伴娘,或者说,是看着她头顶的某个地方。"如果你去的话,至少可以在那里打电话,"我说,"而且那公寓有空调。我们可以凉快一会儿,喘口气。"

等我这邀请带给他们的最初的震荡期过去之后,伴娘、希尔斯本太太和中尉开始进入协商期,仅仅是通过眼睛,不过没有任何迹象表明会即将做出任何决断。伴娘是第一个采取行动的。她刚才盯着另两位看,想让他们表个态,但结果是白搭。她转过身来对我说:"你刚才说你家有电话?"

"是的。除非我妹妹出于什么原因把它切断了,但是我想她没理由这么做。"

"我们怎么知道你**哥哥**不会在那里?"伴娘说。

我过热的头脑刚才没有考虑到这个小问题。"我觉得他不会在那里,"我说,"他**可能**会在——那也是他的公寓——但是我觉得他不在。我真这么觉得。"

伴娘毫不掩饰地盯着我看了一会儿——并不粗鲁,感觉不一样,除非孩子盯着你看也算是粗鲁。然后她转向她的丈夫和希尔斯本太太,说:"我们还是去吧。至少我们可以打个电话。"他们点头同意。希尔斯本太太,说实在的,竟然还没忘记她的礼节条文中有一条是如何在施拉夫特糖果店门前接受邀请。透过那层被太阳烤熟了的面饼脂粉,她对我露出了一个艾米丽·波斯特式的笑容[3]。我记得,这个笑容很亲切。"走吧,那么就,我们快别再待在这**大日头**底下了。"我们的首领说。"**这个怎么办?**"她没有等谁给她一句回话。她径直走到人行道边上,一点也不伤感地跟她那束枯萎的栀子花分手了。"行啦,带路吧,麦克德夫[4],"她对我说,"我们跟着你。我只有一句话要说,我们到的时候,他最好**别**在那里,否则我会宰了那个杂种。"她看看希尔斯本太太。"原谅我说的粗话——但我是说真的。"

我领命带路,几乎是乐滋滋的。刚一转眼,一顶大礼帽在我身边的空气中出现了,位置相当低,在我左边,我的这位只是尚未正式任命的特别随从抬头对我咧嘴一笑——有那么一刹那,我觉得他就快要伸出手跟我手拉手了。

我的三位客人和一位朋友等在门道里,我则把公寓匆匆勘探了一遍。

窗子都关着,两台空调处于"关闭"状态,进门后吸的第一口气的味道,就像是凑到谁的旧浣熊皮大衣口袋里做了次深呼吸。整套公寓里唯一的声音是我和西摩弄到的那台二手老冰箱发出的有点颤巍巍的轰隆声。我妹妹波波没有把冰箱关掉,这是女孩儿加海军的作风。事实上,这套公寓里里外外,乱糟糟的小迹象随处可见,表明这儿曾经被一位出海的姑娘接管过。一件帅气的小号海军上尉的藏青色上装被扔在沙发上,衬里翻在外面。一盒路易·谢里牌糖果——吃掉了一半,没吃的那些糖都多少被试探性地捏过——开着盖儿,放在茶几上,在沙发前面。写字台上有一张装在镜框里的照片,是个我从未见过的一脸刚毅的年轻人。所有一眼能看到的烟灰缸都装满了揉成团的面巾纸和沾着口红印的香烟头。我没有走进厨房、寝室和浴室,只是打开门,匆匆瞥一眼,看看西摩是不是直挺挺地站在什么地方。一个原因是,我感觉乏力,犯懒。另一个原因是,我正忙着拉起百叶窗、打开空调、倒掉满满的烟灰缸。再说,我们这队人马中的其他成员几乎立即就闯进来了,直冲我而来。"这里比大街上还热。"伴娘一边大步流星地走进来,一边说,算是打招呼。

"我一会儿就过去招呼你们,"我说,"我好像没法让空调发动起来。"实际上,那个"开"的按钮好像卡住了,我正忙着摆弄它。

我在摆弄空调开关的当儿——我记得,头上还戴着帽子——其他几位在屋子里疑神疑鬼地转悠起来。我用一只眼睛的余光观察着他们。中尉走到写字台前,站着抬头看桌子上方那三四平方英尺的墙壁,我和我哥哥曾经一度反叛而冲动,在这墙上钉了好些8英寸×10英寸的光面照片。希尔斯本太太在房中的一把椅子上坐了下来——我感觉那是迟早的事——我那条已故的波士顿哈巴狗以前喜欢睡在这把椅子上;椅子的把手包着脏兮兮的灯芯绒布,经历过无数次噩梦中流淌出的口水,无数次噩梦中的嚼咬。新娘的父亲的大伯——我的好友——似乎失踪了。伴娘也似乎突然不知去向。"我一会儿就给你们大家都弄点喝的来。"我不安地说,一边仍然使劲地按着空调按钮。

"我可以来点冰的东西,"一个非常熟悉的声音说。我朝后转了一百八十度,看到伴娘已经在沙发上直挺挺地躺下来了,这可以解释为什么从刚才的视角看不到她。"我马上就会用你的电话,"她通知我说,"现在这个样子,我根本没法张嘴打电话,我都干裂了。我的**舌头**干得不行了。"

空调突然嗡嗡地开动起来了,我就走到屋子中央,在沙发和希尔斯本太太坐的椅子的中间。"我不知道有什么可以喝的东西,"我说,"我还没看冰箱,不过我想——"

"随便**什么**拿来就行,"终身女发言人从沙发上打岔道,"是液体就行。而且要**冰**的。"她皮鞋的后跟搁在我妹妹上衣的袖子上。她的双手交叉在胸前。脑袋下面垫了个枕头。"如果有冰块的话,放点进去。"她说罢就闭上了眼睛。我低头看了她一眼,时间很短,但是眼神足以致命,然后弯下身子,尽量讲究策略地把波波的上衣从她脚下抽了出来。我准备离开房间去尽主人的本分,但刚走了一步,中尉在写字台那边开口了。

"你这些照片是哪里来的?"他问。

我径直朝他走过去。我还戴着那顶有帽舌的超大号军帽。我还没想到要摘下来。我站在他边上,在桌子前面,稍稍在他后面一点儿,抬头去看墙上的照片。我说这些大都是当年我和西摩参加《智慧之童》期间的老照片,上面的孩子都上过这档节目。

中尉转向我。"什么节目?"他说,"我从来没听说过。是那种儿童问答类的比赛节目吗?提问和回答,这一类的?"毫无疑问,一丁点儿军队的等级观念已经伺机悄然滑进了他的嗓音。而且他似乎正在看着我的帽子。

我脱掉帽子,说:"不,不完全是。"一股卑微的家族荣誉感突然被唤醒了。"我哥哥西摩参加前**是那样**的。而且等他退出节目之后,多少又恢复了老样子。不过他的确改变了整个节目的式样。他把这个节目变成了一种孩子的圆桌会议讨论。"

中尉看着我,我感觉他饶有兴趣的样子有点过头了。"你也参加了吗?"他问。

"是的。"

伴娘从房间的另一头,从视线之外的灰扑扑的沙发深处开口了。"我倒想看看**我自己**的孩子上一档这种发疯的节目,"她说,"或者**表演**也行。反正就是这一类的事儿吧。事实上,我情愿死,也不会让我的哪个孩子变成一个抛头露面的小表现狂。这会害他们一辈子的。不说别的,出名本身就够糟了——随便问哪个心理医生吧。我是说你怎么还能有一个正常的**童年**之类的呢?"她的脑袋,突然露了出来,顶着一个歪斜的花环。这脑袋就好像跟身体分了家,杵在沙发靠背的上面,朝着我和中尉。"这可能就是你那个哥哥的问题所在,"那个脑袋说,"我是说小时候过的是那种绝对变态的生活,那么你们自然是始终学不会长大了。你们始终无法学会跟正常人相处之类的。几个小时前菲德尔太太在那间鸡飞狗跳的卧室里就是这么说的。一字不差。你的哥哥始终没学会跟任何人相处。他明摆着只会到处转悠,给人家弄个一脸的针脚。他绝对不适宜结婚或者干其他**任何**近乎正常的事情,看在老天的分上。事实上,菲德尔太太就是**那么**说的。"那脑袋略作转动,角度刚好瞪着中尉。"我说的对吧,鲍勃? 你说实话。"

接着响起的不是中尉的声音,而是我的。我嘴巴很干,腹股沟感觉湿漉漉的。我说菲德尔太太关于西摩有什么可说的,我他妈的在乎才怪呢。也包括任何半吊子的专家,任何信口雌黄的婆娘。我说自从西摩十岁起,全国所有**以最优成绩毕业**的思想家和男厕所里的知识分子服务员就开始评论他了。我说如果西摩只是一个智商超常的、爱卖弄的小子,那就是另一回事了。我说他从来都不是一个表现狂。他每个星期三晚上去播节目，都像是去参加他自己的葬礼。一路上在公共汽车或者地铁里，看在上帝的分上，他甚至跟你一句话都不说。我说所有那些居高临下的、末流的评论家和专栏作家，其中从没有一个该死的家伙认识到他真实的面目。他是个诗人啊，看在上帝的分上。我是说一个**诗人**。即使他从没写过一行诗，如果他愿意，他还是可以用他的耳朵背向你闪现他要对你说的话。

感谢上帝，我说到这里的时候打住了。我的心脏怦怦跳得厉害，而且，正像大多数的疑心病患者那样，我脑子里闪过一个可怕的念头：这样的发言正是心脏病发作的原材料。对于我的这番发作，对于我向他们发泄的这一小串恶毒的攻击，我的客人们究竟作何反应，对此，时至今日，我仍毫无概念。我意识到的来自外界的第一个具体的动静是一阵全世界都熟悉的抽水马桶的声音。它是从公寓的另一头发出的。我突然四面环视了一圈，目光在我客人的那几张近在咫尺的脸之间扫荡，并且透过它们，直望到后面。"那个老头哪去了？"我问，"那个小老头呢？"即使放一块黄油在我嘴里，也会冻住。

稀奇的是,回答我的是中尉,而不是伴娘。"我看他在浴室里。"他说。这句话说得特别直截了当,昭示着发言者是个绝不讳言日常卫生问题的人。

"哦。"我说。我又心不在焉地四下环顾了一圈。我有没有刻意回避接触伴娘可怕的目光,我不记得了,或者说也不想去回忆。我发现新娘父亲的大伯的那顶丝绸礼帽搁在房间另一头一把直背椅子上。我感到一阵冲动,想对着帽子说声你好,是大声地说。"我去弄点冰饮料来,"我说,"一会儿就来。"

"我能用你的电话吗?"我经过沙发的时候,伴娘突然对我说。她一下把腿甩到地上。

"可以,可以——当然。"我说。我看着希尔斯本太太和中尉。"我想调几杯科林斯酒,如果有柠檬或者酸橙的话。这样行吗?"

中尉的回答带着一股突如其来的欢快劲儿,让我吃了一惊。"端上来吧。"他说,一边搓了搓手,就像个存心要来上几杯的人。

希尔斯本太太一直在仔细地研究那些写字台上方的照片,这时她停了下来,向我提议道:"如果你要调科林斯酒的话——在我那杯里只消加一丁点儿,一丁点儿的杜松子酒。如果太麻烦的话,就干脆不要加了。"她开始看起来有点恢复元气了,即便我们也刚进屋没多久。可能就是因为她站在离我刚开动的空调几英尺的地方,有点儿冷风吹得到她。我说我会调好她的酒,然后就丢下她跟那些30年代初和20年代末的广播小"明星们"在一起,还有很多我跟西摩童年时的陈旧的小脸蛋儿。中尉看起来等我走开时也很会自己打发时间;他背着两只手,已经开始像个独行其是的鉴赏家一样朝书架走过去了。伴娘跟着我走出房间,一边打着哈欠——嘴巴犹如洞穴,发出很大的声音,她既没忍一忍,也没伸手遮一遮。

　　伴娘跟着我一路朝卧室走的时候,新娘父亲的大伯从过道另一头朝我们走来。他脸上还是那副极度安然恬静的表情,刚才在车里大部分的时间我都让这个表情给蒙了,但是当他在过道里向我们走近的时候,这副面具却翻了个个儿;他像演哑剧一样向我们拼命地又是致意又是问候,而我则发现自己也在咧嘴大笑,头点得跟拨浪鼓一样作为回应。他稀疏的白发看上去刚刚梳过——几乎像是刚刚洗过,就好像他可能在这公寓的另一头发现了一家窝藏着的理发店。等他走过我们身边，我感到非得回头再看一眼不可，等我真的回过头去，他对我挥了挥手，热情洋溢地——是那种表示"**一路顺风，早点回来**"的大幅度的手势。这让我大大地振作起来。"他怎么回事？疯了吗？"伴娘说。我说但愿如此，一边打开了卧室的门。

屋里有两张大小一样的床，她一屁股在其中一张上面坐了下来——正是西摩的那张。电话在床头柜上，伸手可及。我说我马上给她拿杯喝的过来。"别麻烦了——我马上就出去的，"她说，"关上门就行了，如果你不介意的话……我没什么别的意思，不过我打电话的时候都是关着门的。"我告诉她，我也是那样的，然后就要出去。但是就在我转身要从两张床中间走出去的时候，我注意到窗台座上有一只小型的折叠式帆布包。乍看之下，我以为是我自己的那只，奇迹般地从宾夕法尼亚车站一路靠自己的蒸汽动力来到这间公寓。再一想，觉得肯定是波波的包。我走了过去。包的拉链没有拉，里面装满东西，一眼看到最上面的几件，我便知道谁是真正的主人了。再定睛一看，只见两件洗干净的陆军防晒衬衫上面搁着一个东西，这东西我想是不该留在那里跟伴娘待在一起的。我把它从包里拿了出来，塞到一只胳膊底下，对伴娘友好地挥挥手，她已经把一个手指头塞进拨号盘上她要拨的号码的第一个孔里，正等着我消失，于是我随手带上了房门。

我在卧室外面站了一小会儿，过道里的静谧让人惬意，我纳闷该拿西摩的日记怎么办；我应该赶紧说一句，这正是我从帆布包的最上层拿出来的那个东西。我的第一个建设性的想法是把它藏起来，等客人们走了再说。把它拿进浴室，撂进放脏衣服的大篮子里，我觉得这是个好主意。然而，再想了想，经过一系列复杂得多的考虑之后，我决定把它带进浴室，读一读其中的一些部分，**然后再撂进脏衣篮里。**

这一天，上帝知道，不仅充满了符号和象征，而且还到处是通过书面文字进行的交流。你要是跳进一辆挤满人的车子，命运之神便拐弯抹角费尽心机地让你在跳之前带上一个本子和铅笔，以防同车的人里有一个是聋哑人。你要是溜进浴室，抬头看看有没有什么简短的留言准没错儿，可能略微带点启示性，也可能有别的意味，就贴在洗脸水盆的上方。

有很多年,在我们这个有七个孩子、一个浴室的家庭里,有一个也许已经让人倒胃口,但是仍然行之有效的习惯:在药品柜的镜子上用一片蘸湿的肥皂给彼此留言。我们的留言,主题基本上就是极度强硬的训诫,或者,也有不少时候是不加掩饰的威胁。"波波,浴巾用完了捡起来。别把它留在地板上。爱你,西摩。""沃特,轮到你带Z和F去公园了。昨天是我带的。你猜是谁写的。""星期三是他们的结婚纪念日。播音结束后别去看电影,别在电台晃悠,不然要罚你款。这话也是对你说的,巴蒂。""母亲说祖伊差点儿把洗涤剂也吃了。别在洗涤槽边上放有一点儿毒性的东西,免得他拿来吃了。"这些,当然是我们童年时的留言样本,但是几年之后,我跟西摩以独立等的名义从家里搬了出去,自己弄了套公寓,我和他也只是在名义上抛弃了这个家族老习惯。也就是说,我们没有干脆把过去的肥皂片儿都扔掉。

我胳膊下面夹着西摩的日记躲进浴室里,小心地随手把门关紧,差不多立即就看到了一条留言。然而,不是西摩的笔迹,肯定是我妹妹波波写的。不管用不用肥皂,她的字迹总是小得难以辨认,因而她很容易地把下面这条留言全写在了镜子上:"'抬高房梁,木匠们。新郎如阿瑞斯般走来,身量盖过大高个儿。' 爱你,曾签约极乐世界电影公司的欧文·萨福[5]。与你美丽的穆丽尔在一起,请你生活得幸福幸福**幸福**。这是一道命令。这一带谁的头衔也没我高。"上文引用的那个签约作家,我不妨提一句,一向是我们家小孩最喜爱的——各人喜爱的时期会适当地交替——主要是西摩在诗歌方面的品位对我们每个人都有很大的影响。我把这段引文念了一遍又一遍,然后我在浴缸边上坐下来,翻开西摩的日记。

我把我坐在浴缸边上所读的那几页西摩日记一字不差地照抄如下。我没有录下每一段的日期,这在我看来是完全顺理成章的。我觉得这样说就够了:这些日记片段写于1941年末到1942年初,确定婚期前的几个月,是西摩驻扎在蒙默思堡时写的。

今天傍晚降旗检阅仪式的时候天冷得刺骨,我们排有六个人在没完没了的《星条旗永不落》的演奏中晕倒了。我看一个人如果血液循环正常，就不可能受得了这种非自然的军队立正姿势。尤其还要拿着铅质的来复枪举枪敬礼。我没有血液循环，没有脉搏。纹丝不动就是我。《星条旗永不落》的音速和我无比默契。对我而言，它的节奏是一支浪漫的华尔兹。

检阅结束后，我们获准外出，午夜前归队。我七点在比尔特摩宾馆跟穆丽尔碰头。喝了两杯酒，吃了两份小店里的金枪鱼三明治，然后是一部她要看的电影，格丽尔·嘉逊演的什么片子。我在黑暗中看了穆丽尔几次，格丽尔·嘉逊的儿子驾驶的飞机在执行任务时失踪了。她的嘴巴张着。全神贯注，担心极了。米高梅的悲剧获得了完美的认同。我感到敬畏与幸福。我多么需要、多么爱她那颗一视同仁的心。当片中的孩子们把小猫带进来给母亲看时，她扭头看看我。穆丽尔爱这只小猫，也要我爱它。即便在黑暗中，我也能感觉到她和往常一样，当我并不自动地爱上她所爱的事物时，就会觉得跟我有了隔阂。后来，我们在车站喝东西时，她问我是否觉得那只小猫"挺好的"。她不再用"可爱"这个词了。我什么时候把她吓得都不敢用她一贯的词汇了?我真是个讨厌鬼,竟当场提起R.H.布莱斯[6]关于感情用事的定义:当我们对某一事物倾注的温柔胜过上帝所赋予它的程度,那我们就是在感情用事。我说(说教似的?),上帝无疑爱小猫,但是上帝多半不会让它们的爪子套上彩色的毛线鞋。这种有创意的点子他都留给电影编剧们了。穆丽尔仔细想了想,看样子是同意我的说法,但是这种"学问"不怎么受她的欢迎。她坐在那里搅自己的饮料,感觉没法跟我亲近。她担心自己对我的爱时来时去,忽隐忽现。她怀疑这份爱的真实性,只因为它不像那只小猫那么始终令人愉快。这**真**可悲,上帝知道。人的声音密谋要把世上的一切亵渎个遍。

今晚在菲德尔家吃晚饭。非常好。小牛肉,土豆泥,白扁豆,一道色香味俱全的油醋蔬菜色拉。甜点是穆丽尔亲手做的:一种冷冻的奶油乳酪类的东西,上面加了黑莓。这让我的眼睛都湿了。(西行[7]说:"是什么我不知道/可是心怀着感激/我的眼泪落下来。")桌上放着一瓶番茄沙司,就在我手边。显然是穆丽尔跟菲德尔太太说了我吃什么都要加番茄沙司。如果能亲眼看到穆丽尔为我说话,告诉她母亲我连吃菜豆也要加番茄沙司,我宁愿付出一切代价。我的难得的好姑娘。

晚饭后,菲德尔太太提议大家收听那档节目。她对这节目的热情和怀念,尤其是早先有我跟巴蒂参加的那些日子,这股子劲儿让我不自在。今晚,这节目偏偏是从圣地亚哥附近某个海军航空兵基地播出的。尽是些学究气的提问与回答,太多了。弗兰妮听起来像是得了感冒。祖伊处于白日梦的巅峰状态。主持人要他们谈谈住房建设的问题,那个伯克家的小女孩说她讨厌看起来一个样的房子——指那种一长列一模一样的"计划"公房。祖伊说这样的房子"挺好"。他说回了家,却在别人的房子里,多好啊。跟别人一起吃饭,睡在别人的床上,早上跟所有的人吻别,以为他们都是你的家人。他说他甚至希望世上人人都长得一模一样。他说你会老以为你碰到的人就是你的妻子或者你的母亲或者父亲,而人们不管走到哪里都会互相拥抱,这看起来会"非常好"。

整个傍晚,我感到幸福得无法忍受。我们一起坐在客厅的时候,穆丽尔和她母亲间的亲密让我感觉很美。她们俩知道彼此的弱点,尤其是同人交谈时的弱点,便用眼神互相挑剔。菲德尔太太的眼睛留意着穆丽尔谈"文学"时的品位,而穆丽尔的眼睛则留意着她母亲喋喋不休的老毛病。她们若争执起来,也不会有产生某种永久分歧的危险,因为她们是母亲和女儿。可怕而又美丽的一幕。然而我痴迷地坐在那里,有时候也会希望菲德尔先生在对话方面能更积极些。有时候我感觉我需要他。有时候,说实话,我从前门进屋时,感觉就像走进了一个杂乱的、由两个女人组成的俗家修道院。有时候,当我离开时,我会有一种奇怪的感觉,好像穆丽尔跟她的母亲在我的一只只口袋里塞满了瓶瓶罐罐,有口红、胭脂、发网、除臭剂,等等等等。我对她们不胜感激,可是我不知道该拿这些隐形的礼物怎么办。

今天傍晚降旗检阅之后我们都不准离开营地，因为来访的英国将军视察时有人把来复枪掉在了地上。我错过了五点五十二分那班车，跟穆丽尔约会迟到了一个小时。晚饭在五十八街伦华饭店吃的。整个晚饭期间，穆丽尔心情烦躁，泪汪汪的，是真的不开心，心事重重。她母亲认为我有精神分裂的人格。显然她跟她的心理分析师谈到我了，他也同意她的看法。菲德尔太太让穆丽尔小心地打听一下我家是否有精神病史。我猜是穆丽尔太天真了，告诉了她妈妈我手腕上的伤疤是怎么来的，这个可怜可爱的小妞啊。然而，听穆丽尔说，这一点还远不及其他几桩事情更让她母亲担心。是三桩事情。第一，我回避他人，无法跟别人交往。第二，我明摆着有什么"毛病"，因为我至今尚未勾引穆丽尔。第三，有一天吃晚饭时菲德尔太太听我说了我希望做一只死猫那句话，显然她好几天都想不开。上星期吃晚饭时她问我，退役后我打算干什么。我打算在原来那所大学继续执教吗？我到底想不想再教书？我会考虑重回广播电台，也许当个什么"评论员"吗？

我回答说依我看战争也许会永远打下去，我只对一件事有把握，就是如果恢复和平的话，我想做一只死猫。菲德尔太太认为我是在开什么玩笑。一个老于世故的玩笑。据穆丽尔说，她母亲认为我很老于世故。她认为我那句绝对严肃的话是在开玩笑，应该报之以轻松、悦耳的一笑。给她这一笑，我想我有点儿分神，就忘了跟她解释一下。今晚我告诉穆丽尔，佛教禅宗里有一位大师，一次有人问他世上什么东西最宝贵，大师回答，一只死猫最宝贵，因为谁也没法给它定价。穆丽尔松了一口气，但是我能看出她有些迫不及待想回家让她母亲安心，我那句话原来毫无恶意。她跟我一起坐出租车到火车站。她多么可爱，兴致也高了很多。她想教我怎么微笑，用她的手指撑开我嘴角的肌肉。看她哈哈大笑，真是赏心悦目。哦，上帝，我跟她在一起太开心了。但愿她能比我更开心。我有时候能逗她乐，她看来喜欢我的脸、手和后脑勺，而且每当她告诉她的朋友们她跟那个参加《智慧之童》很多年的比利·布莱克订婚了，都能获得莫大的满足。我觉得她对我，大体上是感到一种母性和情欲交织的冲动。但是,总的来说,我并不使她真正感到幸福。哦,上帝,帮帮我。我唯一的莫大的安慰是我的爱人对婚姻制度本身怀着一种始终不渝的、基本是坚定不移的热爱。她有一种原始的冲动,要把过家家这个游戏永远地玩下去。她的婚姻目标如此荒诞又让人感动。她想把皮肤晒得黑黑的,然后走到某家豪华饭店的前台,问服务生她的丈夫是不是已经来拿过邮件了。她想逛街选购窗帘。她想选购孕妇装。她想离开她母亲的屋子,不管她自己是否意识到这一点,也不管她对她母亲的感情有多深。她想要孩子——长相好看的孩子,像她,不像我。我还有一个感觉,她想每年从盒子里拿出她自己的圣诞树装饰品,而不是她母亲的。

今天巴蒂寄来一封非常有趣的信,是他刚干完炊事执勤后写的。我此刻写着穆丽尔想起了他。我刚才写的那些穆丽尔的结婚动机,他看了会鄙视她的。但是这些动机当真可鄙吗?在某种程度上,肯定是的,但是它们在我看来如此富有人情味,如此美好,即便我现在写到这里,想起它们也仍然会深深地、深深地感动。巴蒂也不会赞同穆丽尔的母亲。她是个让人心烦的、固执己见的女人,巴蒂受不了这种类型的人。我觉得巴蒂没有看到她真正的面目。她这个人,终其一生,也丝毫无法理解或体味贯穿在事物、所有事物中的那股诗意的主流。她可能还是死去的好,然而她继续活着,去熟食铺,看她的精神分析师,每晚看掉一本小说,穿上她的紧身褡,谋划穆丽尔的健康和飞黄腾达。我爱她。我发现她勇敢得难以想象。

今晚整个连队都被禁止离开驻地。用文娱室里的电话,排了整整一小时的队。得知我今晚出不去,穆丽尔听起来像是松了一口气。这让我感觉有趣又好玩。换了别的女孩,即使真心巴望有一个晚上可以不用跟她的未婚夫在一起,也总会在电话里述说一通遗憾之类的话。穆丽尔听了我的话,只是说了一声"哦"。我多么崇拜她的简单,她那可怕的诚实。我多么依赖她的简单诚实。

凌晨三点三十分。我来到值班室。我睡不着。

我在睡衣外披上大衣,来到这里。艾尔·埃斯帕西值班。他在地板上睡着了。如果我替他接电话就可以待在这里。这一晚过的。菲德尔太太的心理分析师也来吃晚饭,断断续续地盘问我,一直折腾到十一点半。偶尔问得挺有技巧和水平。有那么一两回,我对他不禁起了好感。显然他曾经是我和巴蒂的老粉丝。他好像对于我为什么十六岁那年被那个节目扫地出门很感兴趣,既出于专业的考虑同时也纯粹是个人兴趣。他确实听了那次关于林肯的节目,但是他记得我在电波里说《葛底斯堡演说》"对孩子们有害"。我告诉他,我当时是说,我认为这不是一篇适合孩子们在学校里背诵的演说词。他还记得我说过这是一篇不诚实的演说。我告诉他,我当时是说,在葛底斯堡的伤亡人数有五万一千一百一十二人,如果**必须**有人在这个战役的纪念日发表讲话的话,他应该只是走上前,朝听众挥一挥拳头,然后就走下台——这是说,如果这个演讲者是个绝对诚实的人的话。他并不表示不同意我的看法,但是他好像认为我有某种"完美主义"情结。关于过不完美的生活的好处，以及接受自己和别人的弱点的好处，他讲了不少东西，而且挺有水平的。我同意他的话，但只是在理论上。我坚决拥护一视同仁，直到世界末日，理由是一视同仁可以带来健康，以及一种非常真实的、令人羡慕的幸福感。**如果心无杂念地这样去做**，那便是"道"之道，而且毫无疑问是最高境界之道。但是对于一个带着区别的目光看世界的人来说，这将意味着他不得不抛弃诗，**越过诗**。我是说他不可能学会或者迫使自己**喜欢**抽象意义上的坏诗，更别说把坏诗跟好诗等同起来了。他将不得不把诗彻底丢开。我说，这可不是件容易的事。希姆斯博士说我把话说得太绝了——他说，只有一个完美主义者才会这么说。对此我能否定吗？

菲德尔太太明摆着已经很不安地把夏洛蒂缝了九针那件事告诉希姆斯博士了。我想我对穆丽尔提起这件陈年往事是太冒失了。她不管听到什么一转身就会告诉她母亲。我应该表示抗议，没错，但是我做不到。穆丽尔只有在她母亲也在听我说话的时候才会听得进我说的话，可怜的小妞。不过我没打算跟希姆斯讨论夏洛蒂的针脚。只喝了一杯酒是不可能谈那件事的。

我今晚在车站多少算是答应了穆丽尔改天去看一趟心理医生。希姆斯告诉我他们那边有一个人挺不错的。显然他跟菲德尔太太就这个问题私下密谈过一两次。为什么这事并不让我着恼呢？真是这样。我觉得很好玩。不知道为什么，我感到温暖。即使对连环画报上那些老套的丈母娘形象我也隐隐带着好感。反正，看看心理分析师我想我也不会有什么损失。如果我趁在部队的时候去看，还是免费的。穆丽尔爱我，但是在我稍事整修之前，她永远不会觉得跟我真正亲近，真的**亲密无间**，甚至可以**打情骂俏**。

如果或者说我真的动身去看一个心理分析师，上帝啊，但愿这位分析师有这样的先见，会让一位皮肤科大夫一起来会诊。一位看手的专家。我的手会因为触摸某些人而留下伤疤的。有一次，在公园里，那时弗兰妮还坐在童车里，我把手放在她毛茸茸的天灵盖上，放的时间太长了一点儿。另一回，跟祖伊在七十二街的卢氏电影院看一部恐怖片。他当时大概六七岁,不敢看一个吓人的场面,钻到椅子下面去了。我把手放在他的脑袋上。某些脑袋,头发的某些颜色和质地,会在我手上留下永远的印记。另外有些东西也会。有一回,在播音室外面,夏洛蒂从我身边跑开去,我一把抓住她的裙子,不让她走,想让她留在我身边。那是一件黄色的棉布裙子,我喜欢因为她穿着太长了。我右手的掌心至今还有一个柠檬黄的印记。哦,上帝,如果有一个什么临床病名适合我的话,我就是个颠倒的偏执狂。我怀疑人们在密谋策划要让我幸福。

我记得看到"幸福"这个词的时候,我合上了日记——实际上是啪的一声摔上的。之后,我把日记本夹在胳膊下面,坐了几分钟,直到因为在浴缸边上坐得时间太长了开始意识到某种不舒服的感觉。站起身的时候,我发现自己汗流浃背,比这一整天出的汗都更多,就好像刚才不是在浴缸边上坐着,而是刚从浴缸里爬出来似的。我走到放脏衣服的篮子跟前,揭开盖子,手腕几乎狠狠地一用力，把西摩的日记本扔在了篮里的一堆床单和枕套上面。接着，为了想出一个更好的、更有建设性的主意，我走回去，又在浴缸边上坐了下来。我盯着药品柜镜子上波波的留言看了一两分钟，然后走出浴室，使足了劲关上门，仿佛凭借蛮力是可以将这个地方永远锁起来似的。

我的第二站是厨房。幸运的是，厨房门就开在过道上，我不需要穿过客厅，面对我的客人们。一进去，弹簧门在我身后自动关上，我就脱掉上衣——我的紧身军服——扔在搪瓷面的桌子上。感觉光是脱掉上衣就要用尽我全身的力气，我穿着汗衫站了一会儿，似乎只是为了缓口气，这才着手进行调酒的艰巨任务。我猛地打开橱柜和冰箱的门，寻找调制科林斯酒的原料，仿佛有人正通过墙上的窥视孔在无形中监视着我。原料齐备，除了没有酸橙，只能用柠檬代替，几分钟后，我调好了一大罐放了很多糖的科林斯酒。我拿出五只酒杯，然后想找个托盘。橱门开了关，关了开，过了好一会儿，好不容易才找到一个托盘，那当儿，我已经开始低声咕哝，听见自己的抱怨了。

正当我穿好上衣，手持放着酒罐和酒杯的托盘要往厨房外走的时候,一只想象中的灯泡在我的头顶扭亮了——漫画里若是某个角色突然有了一个聪明的主意,脑袋旁就会有个灯泡一亮。我把托盘放到地板上。我回到放酒的隔板前,拿出一瓶半满的五分之一加仑容量的苏格兰威士忌。我把我的酒杯拿过来,给自己倒了至少有四指高的威士忌——多少是倒的时候有点儿没控制好。我对酒杯打量了短短的一刹那,然后,像西部片中那个久经沙场的真汉子一样,面无表情地一口喝了下去。我不妨提一句,我这会儿回忆起来,还感觉不寒而栗。就算我当时是二十三岁吧,这是任何血气方刚的二十三岁傻瓜在同样情况下都可能干出来的事。我不是想说事情就那么简单。我是说我不是一个通常意义上的酒鬼。一般只要一盎司的威士忌下肚,我不是吐得天翻地覆,就是开始扫视屋内,看有没有不相信我能喝酒的人。要是两盎司下去,我曾经干脆不省人事。

然而,这一天——说句再低调不过的话——不是平常的某一天,我记得等我拿起托盘拔脚离开厨房的时候,我竟然一点没有感觉到平常几乎立即会出现的生理变化。我的胃里似乎正产生一股力道空前的热量,但仅此而已。

我端着满满的托盘走进客厅的时候,客人们的举手投足并没有发生什么鼓舞人心的变化,只是那位新娘父亲的大伯已经加入大部队,屋内倒是平添几分生气。他将自己安置在我那条已故的波士顿公狗过去睡觉的椅子里。他架起两条小短腿,头发梳得很齐整,那摊肉汤渍还是那么显眼,而且——快看呀——**他的雪茄已经点上了。**我们互相更为热烈激动地打了个招呼,仿佛这样一次次相见又分别,突然让彼此都感觉没有必要,拖延太久,再也难以忍受了。

中尉仍然站在书架边上。他正翻看着一本他取下来的书,一副聚精会神的样子。(我始终没搞清楚是本什么书。)希尔斯本太太此刻坐在沙发上,离新娘父亲的大伯最远的一个角落里,她看上去明显振作多了,甚至可说精神焕发,我想是重新施了一层面饼脂粉的缘故。她正翻着一本杂志。"哦,太好了!"她说,看见了我放在茶几上的托盘,口气像是在社交晚宴上。她抬头一派喜庆地对着我微笑。

"我在里头只放了一点点杜松子酒。"我撒了个谎,一边开始搅酒。

"这里现在真是又舒服又凉快,"希尔斯本太太说,"想起来了,我能问你一个问题吗?"说着,她放下杂志,站了起来,绕过沙发走到写字台边上。她伸手把一个手指头按在墙上的某一张照片上。"这个漂亮的孩子是**谁**啊?"她问我。空调平稳持续地运转,且又有时间重施脂粉,希尔斯本太太已经不再是那个毒日头底下站在七十九街施拉夫特糖果店门外的萎靡不振、抖抖索索的小孩了。她此刻跟我说话又是一副干脆利落、四平八稳的架势,跟当初我在新娘的外祖母家门口钻进车子后她问我是不是小迪克·布里刚扎时一个样儿。

我正搅着科林斯酒,这时便停了手,绕过去走到她身边。她把一个像喷过漆一样的指甲按在一张1929年《智慧之童》全班人马的集体照上面,特别点着其中的一个小孩。我们一共是七个人,围坐在一张圆桌边,每个孩子跟前有一个话筒。"这是我亲**眼**所见的最最漂亮的小孩,"希尔斯本太太说,"你知道她长得有点像谁吗?眼睛和嘴角那一块儿?"

大概就在那一刻,一部分的威士忌——要我说,大概是一指高那么多的威士忌——开始起作用了，我差一点儿就回答说："小迪克·布里刚扎。"但是某种小心的本能仍然占了上风。我点点头，说出了那个电影演员的名字，那天下午早些时候伴娘曾提起过她，连带外科缝的那九针。

希尔斯本太太盯着我。"**她**也参加过《智慧之童》节目？"她问。

"大约有两年时间，是的。上帝，是的。当然，用的是她的真名。夏洛蒂·梅休。"

中尉这时候已经站在我身后，在我的右侧，抬头看着照片。听我提到夏洛蒂的艺名时，他便离开书架，也凑过来看。

"我不知道她小时候也上过电台！"希尔斯本太太说，"这我可不知道！她小时候那么聪明吗？"

"不是，她大部分时间就是很吵，真的。不过她当初唱歌就跟现在一样好。而且她很能鼓舞士气。她常有意安排，在播音的时候好坐在我哥哥西摩边上，每次他在节目里说了什么让她开心的话，她就踩他一脚。类似用手拧一把，只不过她是用脚。"我发表这一小段说教的时候，把两只手放在写字台前那把直背椅子靠背最高的一段横档上。突然，我的手就滑了下来——就像人的胳膊撑在桌子或者吧台上的时候会突然"滑倒"那样。不过我几乎在失去平衡的同时立即又恢复了平衡，希尔斯本太太和中尉似乎都没有察觉到。我抱起胳膊。"有些晚上西摩表现超常，回家的时候就会有点一瘸一拐的。这都是真的。夏洛蒂不光是踩他的脚，她还使劲踩呢。西摩不在乎。他爱那些踩他脚的人。他爱吵吵闹闹的女孩子。"

"呵，这多有趣呀！"希尔斯本太太说，"我真是**从来**不知道她还上过电台这码子事。"

"其实是西摩让她上的，"我说，"她是一位骨科医生的女儿，跟我们同住河滨大道的一幢大楼里。"我重又把手放到直背椅子的椅背横档上，然后把全身的重量都压了上去，一半是靠它支撑，一半是装出一副趴在后院栅栏上缅怀往事的样子。这会儿，我感觉光是自己的声音就悦耳动听。"我们那时候玩街头棒球——你们两位究竟有兴趣听这些吗？"

"有啊！"希尔斯本太太说。

"有天放学后,我和西摩,我们在大楼的一边玩街头棒球,有人从十二楼朝我们身上扔玻璃弹子,就是夏洛蒂。我们就那样认识了。认识的那个礼拜,我们就拉她参加了节目。我们当时还不知道她会唱歌。我们要她参加只是因为她有一口非常动听的纽约口音。她有一口迪克曼街的口音。"

希尔斯本太太发出一串银铃般的笑声,对于一个敏感的往事追述者而言,这样的笑声当然足以致命,不管他是绝对清醒的状态还是其他什么状态。她明显是在盼着我早点讲完,好让她向中尉提出那个她一门心思想问的问题。"你觉得她长得像谁?"她迫不及待地对他说,"尤其是眼睛和嘴角那一块儿。她让你想起什么人没有?"

中尉看看希尔斯本太太,然后抬头看看照片。"你是说她在这张照片中的模样,小时候的模样?"他说,"还是说现在的模样,她在电影里的模样?你指的是哪一种?"

"都包括,说真的,**我**觉得噢。但是尤其是这张照片。"

中尉细细打量照片——着实严肃,我觉得,就好像他对于希尔斯本太太让他细看照片的要求相当不赞同,毕竟她是个女人,且还是个平民百姓。"穆丽尔,"他干脆地说,"这张照片上像穆丽尔。头发什么的都挺像。"

"一点没错!"希尔斯本太太说。她转向我。"**一点没错**,"她又说了一遍,"你见过穆丽尔吗?我是说你见过她把头发扎成一个可爱的大——"

"我没见过穆丽尔,今天是第一次。"我说。

"哦,没关系,听我的话没错。"希尔斯本太太意味深长地用她的食指弹了弹照片,"这孩子可以当穆丽尔小时候的**替身**。分毫不差。"

威士忌的劲道正稳步上升,我无法完整地消化这段信息,更别说考虑它可以引申出去的种种含义了。我走回到茶几边上——差不多走的是直线,我觉得——继续搅动罐里的科林斯酒。新娘父亲的大伯在我经过他附近的时候,想引起我的注意,欢迎我重新露面,但是我被穆丽尔长得像夏洛蒂这回事搞得心神不宁,没有回应他的招呼。而且我感到有点儿头晕。我有一种强烈的冲动,想坐在地板上搅酒,但我没有放纵这一冲动。

一两分钟后,我正要开始倒酒,希尔斯本太太向我提了个问题。这个问题像歌声般穿过房间,飘到我的耳际,旋律款款动人。"如果我打听一下伯威克太太之前偶然提起的那个意外事故,不会太冒昧吧?我是说她讲起的缝了九针的事儿。我是说,你哥哥是不小心**推**了她一下之类的吗?"

我放下那只似乎出奇笨重的酒罐,朝她那边望去。说也奇怪,尽管我正隐隐感到头晕,但是远处的形象一点儿也还没开始变得模糊。屋子另一端的希尔斯本太太作为我目视的焦点,看着反而显得格外清晰。"谁是伯威克太太?"我说。

"我太太。"中尉回答道,略微有点儿生硬。他也正看着我,也许只是作为一人委员会的成员在调查什么原因使我调酒花了这么长时间。

"哦。她当然是咯。"我说。

"那是场意外吗?"希尔斯本太太穷追不舍,"他不是**故意**那么干的吧,是吗?"

"哦,**上帝啊**,希尔斯本太太。"

"请原谅,您说什么?"她冷冷地道。

"对不起。别把我的话当真。我有点儿醉了。五分钟前我在厨房自己喝了一大杯——"我突然打住了,猛地一回身。我听到没有铺地毯的过道里传来一阵熟悉的沉重的脚步声。声音冲我们而来——直逼我们而来——速度极快,一转眼,伴娘已经卷进了房间。

她没有对任何人看一眼。"我终于打通电话了。"她说。她的声音听起来出奇的平淡,连重音符的影儿都不见了。"打了大概有一个小时。"她神态紧张,脸热得似乎要爆炸了。"那是冰的吗?"她问,不等人回答,已一步不停地走到茶几边上。她拿起我一两分钟前倒了一半的一只酒杯,一仰脖喝了个干净。"那是我一辈子待过的最热的一个房间,"她说——不是特意说给任何人听的——然后放下空酒杯。她提起酒罐,又倒了半杯,罐里的冰块叮叮当当直响。

希尔斯本太太早已经来到茶几附近了。"他们说什么了?"她急不可耐地问,"你跟蕾娅说话了吗?"

伴娘先把酒喝了。"我跟每个人都说了一圈。"她说,一边放下酒杯,"每个人"这三个字念得挺严肃,但是就她而言,这样的强调语气算是格外平淡了。她先看看希尔斯本太太,然后看看我,然后看看中尉。"你们都可以松口气了,"她说,"什么事都没了,呱呱叫。"

"你这是什么意思？发生了什么事？"希尔斯本太太尖声说。

"我已经说了。**新郎**不再因为**幸福**感而**不舒服**了。"伴娘的声音中重新出现了那种熟悉的腔调。

"怎么会呢？你跟谁说话了？"中尉对她说，"你跟菲德尔太太说话了吗？"

"我说了，我跟每个人都说了一圈。每个人，除了那个害羞的新娘。她已经跟新郎私奔了。"她转向我。"你究竟在这酒里放了多少糖啊？"她烦躁地问，"这味道完全像——"

"**私奔了？**"希尔斯本太太说，一边伸手按住自己的喉咙。

伴娘看着她。"行了，别紧张，"她建议道，"你可以多活两年。"

希尔斯本太太呆呆地坐到沙发上——事实上，就坐到了我边上。我正抬头盯着伴娘看，我肯定希尔斯本太太也立即学我的样了。

"明摆着的是，他们回去的时候，他人**就在**公寓里。那么穆丽尔立即就打点行装，然后两个人走了，就那样。"

伴娘煞有介事地耸耸肩。她又拿起酒杯，喝干了酒。"反正，我们都被邀请去参加结婚宴席。新郎新娘都**走了**，不知道该叫什么好了。据我了解，已经有一堆人在那边了。电话里听起来大家都**乐**得不行。"

"你说你跟菲德尔太太说话了。她说什么了？"中尉问。

伴娘摇摇头，相当神秘莫测。"她真了不起。我的上帝，多了不起的女人。她听起来完全正常。据我了解——我是说根据她所说的——这个**西摩**答应去看心理分析师，把自己矫正过来。"她又耸了耸肩。"谁知道呢？也许一切都会妙不可言呢。我太累了，没法再想什么了。"她看着她丈夫。"我们走吧。你那顶小帽子呢？"

等我回过神来，伴娘、中尉和希尔斯本太太已经排着队朝大门走去了，我，作为他们的主人，也跟在他们后面。此时我已经明显开始摇摇晃晃了，但是由于没人回头看，我想我这状况也没有人注意到。

我听到希尔斯本太太对伴娘说："你会过去那边，还是怎么着？"

"我不知道，"对方答道，"我们就算去，最多也就待个一分钟。"

中尉按了电梯铃,三个人一动不动地站着看电梯的指示灯。似乎谁也不想再讲话了。我站在公寓的门道里,离他们几英尺,两眼模糊地看着。电梯门打开的时候,我说了声再见,很大声,他们的三个脑袋齐刷刷地转向我。"哦,**再见**。"他们对我喊道,就在电梯门要关上时,我听到伴娘喊了一声:"谢谢你的酒!"

我回到屋里,摇摇晃晃的,一边想把上衣的纽扣解开,或者不如说是使劲地扯开。

尚有一位客人留下没走,他热烈地欢迎我回到客厅——我都已经把他给忘了。我一进屋,他便向我举起一只斟得满满的酒杯。事实上,他是真的向我挥舞着酒杯,脑袋上下直点,咧嘴笑着,仿佛这是一个我们双方都已经盼望良久的时刻,这一盛况空前的欢庆时刻终于到来了。我发现这一次的重逢,在咧嘴大笑上我没法跟他旗鼓相当了。不过我记得自己拍了拍他的肩膀。然后我走过去重重地坐在沙发上,正对着他,总算把上衣扯开了。"你难道无家可归吗?"我问他,"谁照看你呢?公园里的鸽子吗？"面对这些挑衅的问题，我的客人更加兴致勃勃地向我敬酒，对我挥舞着他的科林斯酒，好像那是一大杯啤酒。我闭上眼睛，在沙发上躺下来，把脚搁上来，然后摊手摊脚地躺着。但是这样一来我感到屋子在转。我坐起来，把脚一下子甩到地板上——动作做得太突然了，而且非常不协调，以至于我不得不把手撑在茶几上保持平衡。我身子往前，佝偻着坐了一两分钟，眼睛闭着。接着，我坐着伸手拿过酒罐，给自己倒了一杯科林斯酒，酒和冰块倒得桌子和地板上到处都是。我手里拿着倒满的酒杯，又坐了几分钟，没有喝，然后我把酒杯放在茶几上的一摊酒水中。"你想知道夏洛蒂是怎么会缝了那九针的吗？"我突然问道，声音在我自己听起来完全正常。"我们当时在北部的安大略湖。西摩给夏洛蒂写了封信，邀请她来我们家做客，她母亲最后同意了。事情是这样的，一天早上，她坐在我家车道正中的地上摸波波的小猫，西摩向她扔了块石头。他那时十二岁。这就是全部的经过。他向她扔了块石头因为她跟波波的猫坐在车道正中的地上，看上去太美了。所有的人都知道，看在上帝的分上——我、夏洛蒂、波波、维克、沃特，全家都知道。"

我盯着茶几上锡质的烟灰缸。"关于这件事,夏洛蒂跟西摩从来没提过一句话。一句也没提。"我抬头看着我的客人,有点期待他质疑我,期待他说我是在骗人。我当然是在骗人啦。夏洛蒂从来也没弄明白西摩为什么要向她扔那块石头。然而,我的客人没有质疑我。恰恰相反。他冲我充满鼓励地笑着,仿佛就这个主题不管我还会说什么,他都会当作绝对的真理来接受。然而,我站起身,离开了房间。我记得,走到房间正中的时候,曾想过要回去捡起地上的两个冰块,但是感觉这个任务实在太艰巨了,我便继续一路来到走道里。经过厨房门的时候,我脱下上衣——是剥下来——然后扔在了地板上。当时感觉那就是我一向放衣服的地方。

走进浴室,我在放脏衣服的篮子前站了几分钟,犹豫着该不该拿出西摩的日记再看看。我不记得自己想出了多少该看还是不该看的理由,但是我最后还是打开篮子,取出了日记本。我拿着它又在浴缸边上坐了下来,飞快地翻动书页,直到翻到西摩写的最后一段:

有个士兵刚给机场的停机坪打了电话。如果云层继续散开的话,我们显然不等天亮就可以起飞了。我打电话告诉穆丽尔。感觉很奇怪。她接了电话,但是一个劲儿地说喂。我说什么她都听不到。她差一点儿就挂断了。我要能冷静点就好了。奥本海姆想在停机坪给我们打来电话前再睡一会儿。我也该睡一会儿,但是我太兴奋了。我打电话给她是想让她,请求她,跟我走,然后结婚。我太兴奋了,不能跟很多人在一起。我感觉仿佛自己即将出世。神圣、神圣的一天。电话线路太糟糕了,大部分时候根本说不了什么话。当你说我爱你的时候,电话那头的人却在喊"什么?"这有多么可怕。我整天都在读一本叫《奥义书》的杂选集。婚姻的双方将彼此服侍。彼此提携、帮助、教导、鼓舞,但最重要的是服侍。抚养孩子要带着尊严、慈爱以及超然的态度。孩子是家中的客人,应该获得爱与尊重——绝对不能被占有,因为孩子是属于上帝的。说得多棒,多么有道理,多么难以做到,但是如此美丽,因而也是真理。我生平第一次感到担当起责任的喜悦。奥本海姆已经上床睡了。我也该睡了,但是我睡不着。得有人陪我这个幸福的人坐坐。

我把这段日记从头到尾读了一遍,然后合上日记本,带进了卧室。我把它扔进窗台座上的西摩的帆布包里。接着,我多少有点故意地倒在了比较近的那张床上。我还没碰到床就睡着了——或者,可能是晕过去了——或许感觉如此。

大约一个半小时之后,我醒过来,头痛欲裂,唇干舌燥。屋里几乎漆黑一片。我记得自己在床沿上坐了很久。然后,由于渴得厉害,我站起身慢吞吞地朝客厅走去,指望茶几上的酒罐里还剩着一点儿清凉的液体。

我那最后一位客人显然已经自行离开公寓了。唯有他那只空酒杯和锡质烟灰缸里的雪茄烟蒂说明他曾经存在过。我仍然觉得当时应该把他的雪茄烟蒂捎给西摩,可以作为一般的结婚礼物。装在一只小小的、精致的盒子里,只是这根雪茄。也许再附上一张白纸,权作解释。

西摩:小传

让我恐惧的是,只要笔下人物一登场,我就深感关于他们我所写的一切大都是虚妄的。虚妄,因为我写他们时总是一往情深(甚至这一刻,当我写下"一往情深",这份深情便也随之成为虚妄),同时我的创作力却又变幻不定,这一创作力无法直击真实人物的要害,反而在我的一往情深中迷失了自己。这份深情使我永远无法满足于自己的创作力,并因此阻止创作力的发挥,还以为是出于对人物的保护。

这就(打个比方)好比作家的下一笔会是个笔误,好比这个文秘性质的错误已经意识到自己是怎么回事。或许这不是什么错误,相反,从更深的意义上来看，它却是整个作品的一个重要部分。那么，就好比这个文秘性质的错误要跟作者造反，出于对作者的厌恨，它不允许作者纠正自己，要对他说："住手，不许将我抹去，我的存在足以证明你是个何其拙劣的作家。"

有时候，老实讲，我觉得这是鸡蛋里挑骨头，不过对于时年四十的我来说，普通读者，我只能同甘不可共苦的朋友，就是我最后的真正同时代的心腹密友。早在我刚进入青春期的时候，一位我这辈子所认识的最有趣，同时最不狂妄自大的民间艺术家曾苦口婆心地劝过我，让我尽量持久冷静地观察作者与读者之间的关系存在哪些愉悦，不管这关系本身有多特别或者可怕；他觉得我和读者的关系是属于前者。问题是，作家连普通读者是什么样的人都不知道，又怎么去观察这样一种关系所带来的愉悦呢？读者知道作者是什么人的情况自然司空见惯，不过究竟什么时候会有人问某个故事的作者，他觉得自己的读者会是何方人士？值得庆幸的是，为了激励自己，为了在此一抒胸臆——我觉得再这样没完没了地铺垫下去,这份胸臆就该胎死腹中了——很多年以前,关于**我的**普通读者我便已经了解得八九不离十了;也就是说,关于**你**。恐怕你会全盘否定,但是我真的没法以你的话为准。你绝对是个喜爱鸟的人。很像约翰·巴肯的短篇小说《斯库尔·斯凯瑞》里的那个人,这本书是我在没有什么好导师的自习时代迫于小阿诺德·L.舒格曼的压力读的。你是这样一种人,你当初喜欢上鸟就是因为鸟激发了你的想象力;鸟让你着迷,因为"在所有的生灵中鸟似乎是最接近纯粹的灵魂的——这些正常体温125度的小生灵"。可能就像这个约翰·巴肯笔下的人物,你也有过许多惊心动魄的此类想法;你会这样提醒自己,对此我深信不疑:"肚子大小不如一粒豆子的戴菊可以飞越北海!弯嘴滨鹬的繁殖地在最北面,只有三个民族的人见过它们的鸟巢,可是它们会飞到塔斯马尼亚去度假!"当然如果我期望自己的普通读者属于那三个亲眼见过弯嘴滨鹬的鸟巢的民族之一,未免有点痴心妄想,但是,我感觉,至少我跟他——我是说跟你——已经熟悉到可以猜出此刻何种善意的姿态方可博得你的欢心。既然你我**心照不宣**,那么,我的老知己,在我们加入他者之前,加入那些铺天盖地无所不在的人们之前，这些人里我相信包括中年快车一族，他们一心要把我们飙上月球，包括达摩流浪汉们，包括为思想者生产香烟过滤嘴的人，还包括垮掉的一代、懒散的一代、任性的一代，包括被选中的信徒们，所有高尚的专家（我们对自己那些可怜的小小的性器官该做什么，不该做什么，这些专家全都了如指掌），还有所有那些骄傲的、留着胡子、不学无术的年轻人，技术三流的吉他手，禅宗杀手，以及公司里唯美主义的泰迪仔[8]们，在这个基尔罗伊[9]、耶稣和莎士比亚都曾停留过的壮观的星球上，这些泰迪仔只会盯着自己那个彻底蒙昧无知的鼻子（请别让我住嘴）——在我们加入这些别的人之前，我私底下对你说，老朋友（恐怕真的是冲着你说），请收下我送给你的这一束刚刚绽放的、毫无扭捏之态的括号之花：（（（（ ）））））。我想，其实这束非花之花原本是代表我此刻写作时的青蛙腿——罗圈腿——的精神和体态。说句内行话，我要么不开口，开口就只喜欢说内行话（而且，再说得不客气点儿，我能一口气说九国话，其中四种都是早已没人说的语言）——说句内行话，我再重申一遍，我是个幸福到癫狂的人。我从来没有这么幸福过。哦,有过一次,也许吧,我十四岁的时候,写了一个故事,里面所有的角色都有几道在海德堡决斗后留下的伤疤——男主角、坏蛋、女主角、女主角的奶奶、所有的马和狗。当时是正常的幸福,可以这么说,不到癫狂的地步,不像这一次。言归正传:我碰巧知道,可能也就知道这些,身边有一个幸福到癫狂的写东西的人会让人精疲力竭。当然,到目前为止,处于这种状态的诗人是最"难弄的",但即便是作家,如果同样的幸福感发作,一样会在体面人跟前大失常态;不管发作的是什么,总归就是发作。尽管我认为一个幸福到癫狂的作家能在纸上做不少好事——最好的事,我真心祈望——尽管如此,我还是怀疑他没法做到适度、节制或者简洁,这一点千真万确,而且更是不言自明;他所有短小精悍的段落全都不翼而飞了。他没法置身事外——或者说极少有松弛的时候,即使偶尔如此也总是将信将疑。在经历了如此巨大而耗费精气的幸福感之后,他不可避免地丧失了作为一个作家的另一种愉悦,没有那么轰轰烈烈,常常是相当微妙的一种愉悦,他已经不可能再以那副坐在围栏上的气定神闲的样子出现在书里了。最糟糕的是,我觉得,他已经不可能再去顾及读者最迫切的需求,即想看到作者赶紧把故事说下去的需求。这也是我在前文献上象征性括号的部分原因所在吧。我心里清楚,相当多的绝顶聪明人士在听故事的时候无法忍受加在括号里的评论。(我们会收到此类忠告信件——多数是正在准备论文的人发给我们的,他们出于非常自然的、燕麦片似的冲动,会在学习之外的时间偷偷给我们写信。但是我们会读,而且通常我们读到什么就会相信什么;好的、坏的,或者无动于衷的东西,只要是成串的英语,就会让我们全神贯注,就好像出自普洛斯波洛[10]之口。)我就地声明,从现在开始我不仅会随时自言自语(我不敢保证就不会出现一两处脚注),而且如果我看到哪些脱离情节线索的内容让人激动或者很有意思,值得发展下去的话,我就会时不时地亲自跳到读者背上去。速度,此时此地,上帝救救我的美国臀部,对我来说,一点意义都没有。然而,总是有些读者真的需要最有节制的、最经典的,而且可能是最灵活的写作方式才能抓住他们的注意力,那么我的建议是——这一建议带着作为一个作者对这类事能表现的最大诚意——这样的读者不妨立即走为上策,我能想象走对他们来说不仅是件好事，而且轻而易举。随着文章的推进，我可能会继续指点一些出口，但是我不能肯定我还会装出像现在这么真心诚意的样子。

本文第一、第二段都是引用的，我的借题发挥这就开始了。"让我恐惧的是，只要笔下人物一登场……"是引自卡夫卡。第二段——"这就（打个比方）好比作家的下一笔会是个笔误……"——引自克尔凯郭尔（一想到克尔凯郭尔的这段文字有可能让一些存在主义者或者著作超等身的法国学界名流们以及他们的——反正，就是让这些家伙小吃一惊吧，我的两只手就几乎忍不住要很不雅观地互相磨搓起来）。*引用自己喜爱的作家的作品就非得有一个无懈可击的理由，对此我倒真的并非有多么坚信不疑，但是如果能有这样一个理由的话，我告诉你，那总归是件好事。我觉得我引用的这两段，尤其是这样紧挨在一起，在某种意义上可以说代表了四位已故者的精髓，不仅仅是卡夫卡和克尔凯郭尔，而是那四位臭名迥

作者注* 我这般指桑骂槐绝对应该受到谴责，不过伟大的克尔凯郭尔从来不是一个克尔凯郭尔派学者，这一事实足以让一个二流知识分子欢欣雀跃，这一事实也总能让一个二流知识分子对一种宇宙的诗意的正义重拾信仰，即便不是对宇宙圣诞老人的信仰。

异的病人，或曰适应力偏差的单身汉（四人中或许只有梵高才有理由不在这里友情现身），当我需要任何关于现代艺术进程的可靠信息的时候，我通常都会求教于他们四位——有时候是真的痛苦不堪。我即将在此组装一大堆素材，而我本人与这些素材之间有着什么样的关联，这一点我基本上就是通过重现以上那两段引用文字来表明的——若在别处，我会毫无顾忌地把这种关联说清楚，作家在这一点上再怎么直接，或者再怎么开门见山，都不足为怪。尽管可能对于相对新生代的文学评论家来说，这两段短小的引文显然能够为他们撰写评论带来某种便利，这种考虑，或者说这种想入非非，让我感到些许安慰——这些为数不少的民工（士兵，我想这样称呼也**未尝**不可）长时间在我们那些业务繁忙的"新弗洛伊德艺术文学诊所"里工作，往往怀揣着出人头地的渺茫梦想。尤其是，或许吧，那些仍然非常年轻的学生和乳臭未干的临床医师们，他们自己绝对没有心理问题，他们自己（不可否认，我想）没有任何天生的变态的"趋美情结"，他们计划日后要专攻审美病理学。（十一岁那年我曾眼睁睁看着这个世界上我最爱的一位艺术家病人，当时他还穿着七分裤,被一群知名的弗洛伊德专家检查了六小时四十五分钟,自那以后,坦白说,只要提起审美病理学,我的心就会硬如火石。这些专家差一点就要给他做脑切片了,我的观点当然不完全可靠,连着好几年我都相信他们之所以最后没有下手只不过是因为时间有点晚了——凌晨两点。我此时此地的态度便是:硬如火石,但并非冥顽不灵。虽然我也清楚我正走在一条细绳或者一块窄板上,但是我想再多走一分钟;不管有没有做好准备,我等了这么多年,累积了这么多情感,是我一吐为快的时候了。)关于一位有着非凡卓越、惊世骇俗的创造力的艺术家,人们当然说什么的都有——我在此处暗示的都是画家、诗人和真正的**文学大师**[11]。这些传闻之———对我而言,绝对可说是其中最振奋人心的一则——说他即便在心理分析出现前的黑暗时代,也从来不曾对他的职业批评家们怀抱深深的敬意,反倒是以他那种总体上不甚健全的社会观,常把他们同**真正的**书商和画商,还有其他那些也许富得令人艳羡的坎普派艺术追随者们混为一谈;偶有报道称,他承认这些坎普派艺术追随者宁可尽力搜罗不同种类而且可能更干净一些的作品。不过至少在当下，关于一个虽缠绵病榻却仍有丰富创造力的诗人或者画家，会有哪些颠来倒去的传言呢，在我看来，不外乎说此人是一个超大号的精神病，但也是千真万确的"经典"精神病，一个畸形人，偶尔才会心生弃暗投明的念头，但从来不会是真心的；或者，按英语中的说法，一个"病人"，他不时发出痛苦的呻吟，就好像他真的一心要放弃他的艺术和灵魂，只是为了体验其他人的所谓健康身心，虽然据说他总是像个孩子一样否认这一切；然而（流言在继续）每当有人闯进他那个看起来病恹恹的小房间——真正爱着他的人会经常闯进去——对他的病痛关切地问长问短时，他就要么三缄其口，要么好像不知道该怎么从建设性的临床角度来讨论这个问题。即便是大诗人、大画家，一般在早晨的时候也会比别的时间兴致更高些，可是他一大早看上去反而比任何时刻都更反常，更铁了心地由着自己尽情发病，仿佛借着又一个光天化日，又一个要**工作**的日子，他想起了所有的人最后都是一死，包括那些健康的人，死时往往优雅尽丧，但是**他**，幸运的人，至少造成他身心俱疲的是最让他兴奋的东西，是不是病都无所谓。如果还有人通过理性的推导得出结论，说最

107

后这条传言没有确凿的事实根据,我实在难以理解,尽管这话从我嘴里说出来有点大逆不道,因为毕竟这位已死的艺术家是我的至亲,在这篇类似檄文的东西里,从头到尾我所暗示的人一直都是他。当我这位非同寻常的亲人尚在人世的时候,我像只老鹰般注视着他——几乎是目不转睛地,有时候我这样觉得。以任何符合逻辑的方式来定义他,他**都是**一个非健康的样品,最糟糕的时候,晚上和傍晚的时候他**的确**不仅会痛苦地呻吟,而且还会大声呼救,而当所谓援助之手伸向他的时候,他也**的确**拒绝用大家都能明白的语言说出自己到底是哪里在痛。即便如此,我还是要公开对这方面的所谓专家们吹毛求疵一番——那些学者、传记作家,尤其还有那些曾经在这所或者那所公立心理分析学校受过教育的当前的学术权威们——特别是下面**这一点**,我绝对咬住他们不放:这些专家虽然上门来了,却不懂得如何倾听痛苦的呻吟。当然,他们是没这个本事。他们是长着锡耳的贵族。凭着这么糟糕的设备,**这样的**一副耳朵,任何人都不可能仅仅通过呻吟的音量和音质,找到痛苦的源头。凭着这种下三烂的听力设备,我想,最多也就是发现,或者诊断一些跑调的、细若游丝的弦外之音——连对位音都算不上——起因要么就是不幸的童年,要么就是混乱的力比多。但是真正的痛苦,这样满满一救护车的痛苦,到底是从哪里来的呢?它**必然**是从哪里来的呢?一位真正的诗人或者画家难道不是一位先知吗?事实上,他难道不是我们地球上唯一的先知吗?先知显然不是科学家,先知也肯定不是心理学家。(心理分析学家中唯一的一位伟大诗人就是弗洛伊德本人;他的耳朵也有点小毛病,毫无疑问,但是有谁会在心智正常的情况下否认弗洛伊德是一位史诗诗人呢?)原谅我,我马上就要说完了。在一位先知身上,到底哪一部分器官必然会遭受最可怕的蹂躏呢?当然是,**眼睛**。亲爱的读者,请您出于最后的宽宏大量(如果您还在这里的话),再读一遍我一开始引用的卡夫卡和克尔凯郭尔的那两个小段落。难道还不**一目了然**吗?这些呻吟难道不是直接来自眼睛吗?不管验尸官报告上说的是否大相径庭——不管他宣布的死因是肺病,还是孤独,还是自杀——真正的先知艺术家是怎么死的难道还不清楚吗?要我说(而下文所说的一切,在我的存在之上或挺立或匍匐的一切,至少也都是**近乎**正确的吧)——要我说,真正的先知艺术家,这位能够也确实创造了美的崇高的傻瓜,他死于自己良心的强光,他拥有神圣的人类的良心,这一良心的形状和颜色足以让人失明。

我的信条已悉数罗列。我往后一靠。我叹了口气——恐怕是幸福地叹了口气。我点上一支穆拉牌香烟,然后继续,上帝保佑,我要做的事情。

关于这个副标题,"小传",在书的最最上边那块儿,我有几句话要说——我会尽量言简意赅。我间或也有神志清醒的时刻,便能坐下来,稍稍安静一会儿,至少在这些时刻我笔下的主人公将是我已故的大哥,西摩·格拉斯,1948年,时年三十一岁的他(我想使用类似讣闻的一个长句)在佛罗里达与妻子一起度假时自杀身亡。西摩活着的时候,对很多很多人来说,他都具有很多很多的意义,而对于他那一大家子的兄弟姐妹来说,他则意味着一切。对我们来说,他是**真实的**一切:他是我们蓝条纹的独角兽,我们燃烧着的双透镜镜片,我们的天才咨询师,抑或便携式良心,我们的压舱人,我们唯一的大诗人。此外,不可避免的是,我想,一则他从来不属于沉默是金型的人物,二则他小时候有将近七年时间一直上一个电台的儿童智力节目,是东海岸的小明星——于是不可避免地,他也是我们中臭名远播的"神秘主义者",我们中"精神不稳定的那一位"。既然我一开场就要来个竹筒倒豆子,我干脆再声明一下——如果可以扯着嗓子声明的话——西摩的脑袋里一直在策划自杀也好,从没策划过自杀也好,他都是唯一的那个人,与我形影不离、一起东闯西荡的唯一的那个人,大多数时候,在我眼中,他的身上都烙印着属于**穆科塔**(解脱的人)的经典标记,一个傻呵呵的蒙受神启的人,一个认识上帝的人。无论如何,他的个性不是**我**所知道的任何叙述手法可以描述的,我也无法想象任何人,尤其我自己,试图一次性地描绘西摩,或者在相当简单的一系列场景中描绘他,无论是按月还是按年进行。言归正传:我最初的计划是要写一个关于西摩的短篇故事,起名为"西摩之一","之一"嵌在题目里与其说是方便读者,不如说是方便巴蒂·格拉斯,也就是我自己——这样的题目一目了然,势必会有别的故事接二连三地跟上(西摩之二、之三,还可能有之四)。这些计划早已不复存在。又或者,如果这些计划仍然存在——而且我怀疑事实更可能如此——

那么它们也早已转入地下,并且可能已达成共识,即我一旦准备实施计划,就会隔着地面敲三下。但是眼下只要谈及我的大哥,我就不是一个写小说的人了。我觉得我**就是**一本词汇书,每句话都在介绍我的大哥,我做不到置身事外。我相信我的本质由始至终都没有变过——我一直都是一个叙述者,但我是一个有着极端迫切的个人需求的叙述者。我想介绍,我想描述,我想散发回忆录和护身符,我想打开我的钱包把里面的快照传个遍,我想跟着感觉走。在这样的一种心境下,我根本不敢接近短篇小说这种写作形式。像我这样无法置身事外的小胖作家是会被短篇小说生吞活剥的。

可是我有很多很多听起来很没分寸的话要跟你说。比如关于我的大哥,我已经急不可耐地说了这么多。我觉得你**肯定**已经注意到了。你还可能注意到——我知道**我自己**也并非毫不知情——目前为止我所说的关于西摩的一切(以及他大致的血型,也可以这么说)都是一派眉飞色舞的颂扬之词。我只得稍事停顿,这样也好。我此番并非葬兄,而是掘墓,是大唱赞歌,尽管如此,恐怕天下头脑冷静、不偏不倚的叙述者的名声多少是要毁在我的手里了。**难道**西摩什么缺点、什么毛病、什么坏心眼一概**没有**吗,哪怕只是一笔带过呢?那么,他到底是什么人?是位**圣人**不成?

谢天谢地,我没有义务回答这个问题。(哦,幸运的一天!)干脆这么说吧,西摩的个性特点之多颇可媲美亨氏公司的食品种类,一旦他处于定期发作的敏感期或者害羞期,家里所有的小孩就会陷入恋上杯中物的危险。首先,有一种人总是在你能想象到的最奇怪的地方寻找上帝,而且他们显然很成功——比如,在电台主持人身上,在报纸里,在计价器被动了手脚的出租车上,其实也就是所有地方——在这些人身上肯定存在着某一个尤为可怕的标记。(郑重声明,我的大哥在他大部分的成年期一直有一个让人心烦的习惯,就是用他的食指在装得满满的烟灰缸里做实地调查,把所有的烟头都推到烟灰缸的各个角落里——一边这样忙活一边咧着嘴直乐——就好像他正盼着看到耶稣本人像个小天使般蜷缩在烟灰缸的正中间,而且看上去西摩从来没有失望过。)高级别信教者、高级别无宗教派别者,或者任何此类的高级别者("高级别信教者"一词固然臭名昭著,但是我殷切地把伟大的维韦卡南达所描述的基督徒都算在"高级别信教者"之内;他曾说过"亲见耶稣,即为基督徒;余者皆空言")——这类人身上最普遍的标记就是他常常表现得像个傻瓜,甚至像个白痴。家里有个大人物,却不能指望他常常表现得像个大人物,这对这家人也是个考验。我的悉数罗列即将告一段落,但在这之前我必须先描述一下西摩最考验人的一个性格特征。这跟他的说话习惯有关——或许应该说是跟他说话习惯中反常的那部分有关。一旦开口,他要么简练得像特拉普派隐修院的看门人——有时候一连几天、几个礼拜都如此——要么就说起来没个完。只要给他上足发条(确切地说,几乎每个人都在一刻不停地给他上发条,然后,当然啦,赶紧找个近的地方坐下来,以便更好地窃取他的大脑内容)——只要上足了发条,他会一连说上几个小时都跟没事人一样,有时候屋子里一两个人也好,十个人也罢,他一概无知无觉。他是个富有灵感的喋喋不休者,且容我郑重声明,但是,即便是最登峰造极的喋喋不休者也不会一直受欢迎,这已经是说得**非常**客气了。我还必须补充一点,我这样说倒不是出于要给我无形的读者一个"公平"交代的冲动,不管此类冲动多么冠冕堂皇——我想我的理由可能要比这糟糕得多——我这样说是因为我相信这位喋喋不休者对什么样的坏话都会照单全收。从我嘴里说出的坏话当然更没商量了。我的身份得天独厚,可以张口就管我的大哥叫**喋喋不休者**——无论管谁叫喋喋不休者,都是够恶毒的,我想——与此同时我还可以身子往后一靠,简直就像一个王牌在手的人,而且不费吹灰之力就记起了很多可以给自己减轻罪名的因素("减轻罪名"几乎有点词不达意)。我可以把这些因素全部压缩成一个:西摩在青春期的中期——十六到十七岁的样子——不仅已经可以掌控自己的母语语汇,以及他的许许多多纽约次精英分子的说话腔调,而且他自己真正的诗人的词汇,他的靶心,也已经形成了。他的喋喋不休,他的独白,他的近乎鸿篇大论的训话,那时候就已经开始让听众从头到尾如沐春风了——反正对我们家的很多人来说都是这样——打个比方,西摩此时说的话就像贝多芬不再受自己的听力干扰之后创作出的主要作品,确切来说我想到的是升B大调和降C小调四重奏,尽管这样说似乎有点矫情。可毕竟,最初,我们一家一共有七个孩子。而且,碰巧其中没有一个是舌头会打结的。六个天生的语言大师加阐释专家在一间屋子里遇到一个战无不胜的金牌铁嘴,这个问题就严重得有点离谱了。西摩从未争过这个冠军宝座,这没错。而且他是满腔热情地渴望看到我们中的任何一个能在某次对话中击败他,或者仅仅是在时间上比他撑得更长些。就是这点小事,尽管他当然从未意识到自己是在独孤求败——跟所有人一样,西摩也有他的盲点——我们中的某几位正是为此才尤其浑身不自在。事实是,武林盟主的称号永远属于西摩,而且我觉得只要能退位让贤,叫他放弃什么他都会乐意——诚然,这也是最要命的一个问题,而且也将是未来几年里我仍无力深究的一个问题——尽管如此,他始终也没找到一条潇洒归隐的途径。

以前我也写过我大哥,这会儿提起这个感觉亲切,但远不止这个原因。何况只要有人稍微甜言蜜语一把,我完全就可能满口承认我几乎很少有不写他的时候,如果有人拿枪指着我,逼我明天坐下来写一个关于恐龙的故事,我也会身不由己地给这个大家伙添上几笔西摩的举止特征,对此我毫不怀疑——满怀柔情地从杉树顶上咬下一口叶子来,要么满怀柔情地摇晃着他那条三十英尺的尾巴。有些人——**不是**亲密的朋友——这样问我,我唯一一本出版的长篇小说里的主人公身上是不是没有多少西摩的影子。事实上,他们中的大多数并没有这样**问**我;他们就是这样**告诉**我的。我发现,要想驳斥这种说法,我就会发一身荨麻疹,但是我不得不说,从来没有一个认识我大哥的人问过我或跟我说过任何类似的话——对此,我心存感激,而且,从某种意义上来说,这给我留下的印象不是一般的深。我笔下的很多主要人物都说一口流利地道的曼哈顿英语,都爱冲到连最傻的傻瓜也害怕踏足的地方,在这方面他们都多少有点天赋,而且也同样都被某一种"存在"所纠缠,我倾向于粗略地把这种"存在"等同于"山中的老者"。但是有一点我要宣布,也应该宣布,我曾写过两篇短篇小说,也都出版了,这两个故事全是直接围绕西摩展开的。其中比较新的一个,1955年出版的,详尽描述西摩1942年结婚当天的情景。细节完整到了极点,要说还缺什么,可能就差没有给出席婚礼的每个客人取一个脚印,然后按这些脚印做成雪糕模子让读者带回家留作纪念了。只是西摩本人——这道主菜——从头到尾都没有亲自现身。另一方面,早在四十年代末的时候我写了一篇更小的短篇，西摩在其中不仅有鼻子有眼，而且他走路、他说话、他下海泡了泡，然后最后一段里他朝自己的脑袋开了一枪。我的几个直系亲属，虽然大家天南海北，对于我出版的文字他们总会定期挑一些技术性的错误，这一次他们却婉转地向我指出（有点该死的太婉转了，以往他们对我的态度都跟语法学家一个样），这位年轻人，所谓的"西摩"，在我早期的那个故事里又走又说还开枪的人，其实他根本不是西摩，相反，奇怪得很，他倒是像极了另一个人——哎哟，你还别说——就是我本人。说得没错，我想，至少让我这个手艺人感觉到了自己的失败。虽然对这一类的**败笔**找不到什么**好**的借口，但我还是忍不住要提一句，这个故事是我在西摩去世几个月后写的，而且那时的我就和故事里的"西摩"以及"现实生活"中的西摩一样，刚从"欧洲战场"回来。那时我用的是一台德国打字机，就算不说不正常，至少修理后的结果也是差强人意。

哦，这份幸福感是真强劲。它有神奇的解放作用。我觉得，我**自由**了，而这恰恰一定是你此刻最渴望听到的话。如我所知，你在这个世界上的最爱是那些正常体温为125度的纯灵魂的小生命，果真如此的话，那么你的次最爱自然就是这个人——这个要么爱"上帝"要么恨"上帝"的人（显然他绝不会处于模棱两可的状态），这个或至圣至贤或放浪形骸的人，这个道学家或者彻底的反道学家——这个人可以写出一首**的确**是诗的诗。他是生活在人类之中的一只白腰勺鹬，关于他我自以为略知一二，便急不可耐地要向你和盘托出，关于他的飞行，关于他的体温，关于他那颗不可思议的心。

自1948年初起，我就一直坐在一本活页笔记本上——我的家人真是这样想的——这本本子里有一百八十四首短诗，是我大哥在他生命的最后三年里写的，有些是他在部队时写的，有些写于复员之后，但是大多数都写于部队。我想着不用多久——也就是几天或者几个礼拜的时间吧，我是这样跟自己说的——我会把大约一百五十首诗拱手让给第一个有兴趣的出版商，让这位穿一件熨烫齐整的西装、戴一副相当干净的灰色手套的先生把它们直接拎进他阴暗的印刷所，在那里这些诗很可能被套上一张双色调的护封，后面的勒口上印着几段分明是在诅咒的褒奖之词,通常是从那些"有名"的诗人或者作家处恩惠而来的,这类人可以大言不惭地对自己同辈艺术家的作品作公开的品头论足(他们也习惯于将更为半心半意的颂扬之词留给自己的朋友、貌似不如自己的人、外国人、一夜成名的怪人,以及别种行业里的劳动模范们),接着这些诗就会进入报纸周日文学评论版,如果版面还有地方的话,如果对新出炉的格罗弗·克利夫兰[12]的**正宗**大传记的评论不是太长的话,会有人言简意赅地把这些诗介绍给热爱诗歌的大众,写手不外乎一小伙固定撰稿人,薪水不高不低的老学究,或者靠写书评赚点外快的人,这些家伙评论起新诗集来倒不一定有多高明或者多热情,但绝对够言简意赅。(我想我不会再这么酸溜溜地来一下了。不过如果还有第二次的话,我也会一样只说大实话。)我选择起身,从这些诗上面站起来,如果对此我可以给出两个我认为最主要的原因,可能还是说得过去的,毕竟我已经在它们身上坐了不止十年了——至少也算是新鲜正常而非变态的举动。而且我要把这两个理由都放在一个段落里,就像塞进行李袋一样,一部分原因是我想让这两个理由彼此挨得紧紧的,还有一部分原因是我有一个可能很冲动的想法,我觉得在这次航行中我不再需要它们了。

首先是来自家庭方面的压力,这无疑也属正常情况,虽然我个人的接受能力差一些。要知道我有四个还活着的弟弟妹妹,个个学富五车,个个伶牙俐齿到难以自控,都是半犹太、半爱尔兰人,且明显也有部分弥诺陶洛斯[13]的血统——两个男孩,一个叫维克,曾经是加尔都西会的一名四处游走的记者修士,如今已经入寺,另一个叫祖伊,是名演员,不属于任何宗教派别,却一样深受神的感召,一样是被神选中的一员,两人分别是三十六岁和二十九岁;两个女孩,一个是崭露头角的年轻女演员,叫弗兰妮,另一个叫波波,是位生机勃勃、有偿付能力的威切斯特郡主妇,两人分别是二十五岁和三十八岁。自从1949年起,我时不时地收到这四位显贵的来信,有寄自神学院和寄宿学校的,有发自妇科医院的产房和"伊丽莎白女王号"上位于船身吃水线之下的交换生教室的,在考试、彩排、晨祷和下午两点喂奶之余,他们不约而同地向我发出一系列黑色的最后通牒,暗示有可能会发生到我头上的事情,除非我**赶紧**对西摩的诗**做**点什么。有一点也许应该立即说明一下,我既是一个耍笔杆子的人,同时也是纽约州北部一所女子大学英语系的兼职教员,离加拿大边境不太远。我一个人住(但没养猫,这一点我必须声明),在一所即便不算寒酸也绝对是普普通通的房子里,位于丛林深处,在一座山上,而且是比较难攀登的那一边山坡。不算学生、同事以及中年女招待的话,我工作日很少见到别人,或者说是常年不大见人。一句话,我属于自闭文人一族,通过邮件就可以成功地胁迫或者欺负我这样的人,对此我毫不怀疑。可谁都有个饱和点不是吗,现在每每开邮箱的时候,我都会胆战心惊,想到在那些农具广告和银行账单中间总会夹着一张来自我某个弟妹的明信片,写得密密麻麻,啰里啰唆,就是在威胁我,尤其值得补充的是,他们中的两位只用圆珠笔。我放手让这些诗歌发表的第二个原因在某种程度上更多是生理而非心理的因素,说真的。(而且,我可以像孔雀一样骄傲地说,这个原因直接指向修辞的沼泽地。)放射性粒子对人体的影响是1959年的热门话题,对老诗歌爱好者来说可不是什么新鲜事。运用得当的话,一段一流的诗是绝佳的热疗方子,而且通常见效很快。有一次,在军队里的时候，我得了一种也许可以叫非临床胸膜炎的病，拖了三个月都不止，我第一次感到真的有了好转都靠我在自己衬衫口袋里塞进了一首貌似非常天真的布莱克的诗，把它当膏药一样贴了一两天。然而，一旦走极端通常就危险了，所谓过犹不及，有一类比我们一般熟悉的一流诗歌更优秀的诗歌，你一旦跟这样的诗接触时间过长，后果将不堪设想。不管怎样，如果能看到我大哥的诗从我这块小小的地盘上撤走，至少暂时如此，我也会如释重负。我的皮肤微微有些烧灼感，但是面积已经不小了，而且原因是明摆着的：西摩青春期的大部分时间以及整个成年期，最打动他的是中国诗歌，其次是日本诗歌，后者同样令他一往情深，这世界上其他任何诗都不曾这样打动过他。*

---

* 既然我笔下的东西是某种形式的记录，我理应在这儿嘟哝一句，大多数时候西摩读的都是原版的中国诗和日本诗。下次找个机会我还得好好说说另一件事，可能会啰唆得叫人厌烦——反正我感觉是这样——我们家这七个小孩某种程度上都有一个奇怪的与生俱来的特点，其中三人尤为明显，即我们学起外语来全都不费吹灰之力。但是这个脚注主要是为年轻读者而做的。要是碰巧有几位年轻人被我逗引出了对中国诗和日本诗的兴趣，对我来说可真是好消息，我也算功德圆满了。不论怎样，年轻人听好了，如果你还不知道的话，相当一部分一流的中国诗已经由几位名家翻译成了英文，颇为忠实，也不失原诗神韵；信手可拈的不外乎威特·宾纳和莱昂内尔·贾尔斯（翟林奈）。最优秀的日本短诗——尤其是俳句，还有川柳——若出自 R. H. 布莱斯的译笔，则必定脍炙人口。布莱斯有时候让人心惊肉跳，这也难怪，他本人就是一个桀骜不驯的古般的人物，但他又是崇高的——又有谁会去诗中寻找安全感呢？（我重申一下，这最后一小段说教是针对给作家写信的年轻人的，那些作家畜生从来都不回信。我多少也是在替本故事的主角说话，这个混蛋也是个老师。）

123

当然，我没有什么捷径可以获知我亲爱的大众读者，纵然是上当受骗的读者，他们对中国诗或者日本诗到底熟悉抑或不熟悉到什么程度。然而，考虑到对此即便只是略作讨论也可能对我大哥的个性有所揭示，我深感此刻不是我保持沉默和克制的时候。我相信，中国和日本的古典诗词在其最打动人处，往往就是**简单明了**的倾诉，足以令受邀的窃听者愉悦、豁然、顿悟到九死一生的地步。这些诗可能尤为悦耳，而且通常如此，但是大多数情况下，如果一个中国诗人或者日本诗人不擅欣赏柿子之美、螃蟹之肥、玉臂上的蚊子包之妙，那么在"神秘的东方"，无论此人如何才学满腹，他的诗作一旦吟唱如何魅人心魄，就算还有人称他是诗人，也不会是当真的。我内心深处的雀跃感一刻都未停止过，我反复地称之为幸福感，我想并没有叫错，我也清楚这种幸福感随时有可能使整篇东西变成一段傻瓜的独白。尽管如此，对于中日诗人为什么如此神奇而令人欣喜，即便是我也不敢说三道四。然而，我碰巧还是想起了一些事情。（难道你不想知道？）（我不敢说这就是我在寻找的原因，但是我也不能就把它随便丢开不管。）很久以前，有一次，西摩八岁，我六岁，我们的父母举办了一个大约有六十人参加的晚会,就在纽约一家名为阿拉姆卡的老旅馆,我们住的三间半房间里。晚会是因为我父母要正式退出杂技圈而举行的,气氛很感人,也很热闹。大概十一点的时候,我们哥儿俩被允许从床上爬起来,去晚会上看一眼。我们不止看了一眼。大家要求我们唱歌、跳舞,我们欣然接受,先是一个人来,然后是两人一起,在这种情况下,小孩都会这样。但我们主要还是站在一边看。快凌晨两点的时候,客人开始陆续离开,西摩求贝茜——我们的母亲——让他给客人拿外套,小小的公寓里外套堆得到处都是,有的挂着,有的随手搭在或者扔在什么地方,连我们的小妹妹睡着的床脚都有。客人中有一打左右是我跟西摩都很熟悉的,有十来个我们或见过,或听说过,剩下的就基本不认识或者完全不认识。我还应该补充一句,客人来的时候我们俩都在床上。然而,通过对这些客人观察了近三个小时,通过对着他们微笑,通过爱他们,西摩——什么问题都没有问——就把每个客人的外套交到了他手中,一次一件或者两件,几乎没有出任何差错,还包括男士们的帽子。(女士们的帽子他没有全部弄对。)我倒不是硬要说此类本事就是中国诗人或者日本诗人所特有的,我更加不是在暗示这是他之所以为诗人的原因。但是我的确觉得一个写诗的中国人或者日本人如果不是一眼就能分辨哪件外套是哪个人的,他的诗艺成熟的可能性一定微乎其微。而且我猜掌握这个小本事的年龄极限应该差不多就是八岁。

(不行,不行,我不能这会儿停下来。依我看,以我目前的"状态",我早已不仅仅是在维护我大哥的诗人地位;我觉得我是在拔掉炸弹的雷管,这个该死的世上的所有炸弹,至少拔个一两分钟——这纯属微不足道的临时的友情奉献,毫无疑问,就是我一个人的。)一般认为中国诗人或者日本诗人最喜欢简单的主题,我若试图驳斥这一观点,自己都会感觉不是一般的蠢呆,可"简单"碰巧是我个人恨之入骨的一个词,因为——无论如何,在我生活的地方——"简单"一词被习惯性地用来形容短得厚颜无耻的东西、节省时间的东西、鸡毛蒜皮的东西、淡如开水的东西以及任何经删节的东西。我个人的恐惧症暂且搁一边,我仍然不相信在任何语言中——感谢上帝——能够找到一个词,可以用来形容中国或日本诗人所选择的素材。我不信有谁能为以下这一幕找到一个形容词:一位志得意满、煞有介事的朝臣在自家内院散步,回味着当天早晨他在皇帝面前气势磅礴的慷慨陈词,这时他一脚踩到一幅水墨画,不知是谁丢失抑或遗弃在那里的,大臣一阵**懊悔**。(哀哉,鄙人究竟是个写小说的;这位东方诗人才不会用黑体,我却没得选择。)伟大的小林一茶会乐呵呵地告诉我们花园里有一朵肥嘟嘟的牡丹。(一字不多,一字不少。我们会不会自己去瞧一眼他那朵肥嘟嘟的牡丹,那是另一回事;跟某些作家和西方的冒牌诗人不一样,具体是谁我也不便指名道姓,小林一茶是不会对我们指手画脚的。)只要一提小林一茶的名字,我就深信这位真正的诗人对于素材根本没得选择。是素材选择诗人,而不是诗人选择素材。一朵肥嘟嘟的牡丹只会让小林一茶看见,而不是其他人——不是与谢芜村,不是正冈子规,甚至也不是松尾芭蕉。这一规则稍事改动同样适用于那位志得意满、煞有介事的大臣。要不是伟大的平民、私生子、诗人刘惕高[14]刚好出现在那时那地,大臣是不敢带着神圣而真挚的懊悔踩上一张画纸的。中国和日本诗歌的奇妙之处就在于,两位纯粹的诗人,他们的声音既如出一辙,同时又有着霄壤之别。唐礼九十三岁的时候,有人当面恭维他的智慧与博爱,唐礼偷偷告诉对方,最近自己的痔疮痛得不行了。还有一位,郭晃,也是我要举的最后一个例子,他说起自己已经去世的主上吃相难看极了,禁不住泪流满面。(不过若对西方太过苛刻,那也未免太挑剔了,总有例外的。卡夫卡的日记里就有这样一行字——是他很多日记中的某一本,千真万确——完全可以用来迎接中国旧历新年:"年轻的女孩一路走来,安静地左顾右盼,只因为跟心爱的人手挽着手。")至于我的哥哥西摩——啊,是呀,我的哥哥西摩。至于这位闪米特凯尔特血统的东方人,我势必要另起一个崭新的段落。

西摩活着的三十一年里,跟我们在一起的时候,私底下常常谈论中国诗和日本诗,自己也会动笔写。但是要我说,他正式开始作诗是在他十一岁那年的一个早晨,在百老汇上街区一所公共图书馆底层的阅览室里,就在我家附近。那是个星期天,不用上学,我们就等着中午开饭,一边很随意地游弋于藏书架之间,到处踩踩水,偶尔稍微认真地钓几个新作家;突然,西摩做手势示意我过去,他有东西要给我看。他逮着了一堆翻成英文的庞蕴[15]的诗,一位11世纪的奇人。不过我们都知道,垂钓这回事，不管是在图书馆还是别的任何地方，都难说得很，从来拿不准到底是谁钓到谁。（垂钓中普遍的危险也是西摩喜欢的一个主题。我们的弟弟沃特小时候最擅长用弯钩钓鱼，他九岁还是十岁生日的时候，收到西摩送给他的一首诗——我知道那是沃特一生中最快乐的时刻之一——诗中讲一个有钱人家的小男孩在哈得逊河里捉到一条拉裴德鱼，在他收钓丝把鱼拉起来的时候，自己的下嘴唇感到一阵剧痛，过后也就把这事给忘了。可是等他回到家，把那条还活着的鱼放进装满水的浴缸里，这才发现，这鱼戴着一顶蓝色的哗叽帽，帽舌上有一个校徽，就跟男孩自己帽子上的一模一样；男孩还发现，这顶湿漉漉的小帽子里面缝着一个标有他名字的布条。）从那个早晨起，西摩就被永远地钓住了。等他十四岁的时候，我们家总有一两个人会定期翻他的夹克和风衣，找几句好玩意儿，在健身中心慢慢消磨时光的时候，或者看牙医排长队的时候，西摩都有可能写点什么。（离我写下上文最后一个句子已经隔了一天，这期间我从自己的工作场所给我妹妹波波打了个长途电话，她住在弗吉尼亚州，我问波波有没有哪一首西摩小时候写的诗是她特别希望我在这篇文章里提一笔的。她说她会再给我打电话。她最终的选择就我眼下的写作目的来说,并不太合我的心意,因此有点儿让我着恼,不过我想我不会太往心里去的。波波选的这首诗,我碰巧知道是诗人十岁时写的:"约翰·济慈/约翰·济慈/约翰/请戴上你的围巾。")西摩二十二岁的时候,写了一札特别的诗,挺长的,在我看来,写得非常、非常好,我催着他投稿找地方发表,都有点儿气急败坏了;我自己呢,哪怕就写了一行字,只要不是速记,就会立即想象它们变成铅字的样子,一辈子从来如此。不成,他觉得他做不到。暂时还不行;可能永远都不行。这些诗太非西方了,太充满莲花味儿了。他说他感觉这些诗隐隐带点冒犯。他还不确定到底冒犯在哪里,但是他有时候感觉这些诗读起来仿佛出自一个不肖子孙之手,这个人多少是在背叛——至少实际感觉是这样——自己的家园以及家园中那些他所亲近的人们。他说他吃的是从我们的大冰箱里拿的东西,开的是我们八汽缸的美国轿车,生病时不假思索吞下去的是我们的药片,跟希特勒的德国打起来了,靠的也是美利坚的部队来保护他的父母姐妹,而这些现实在他的诗里根本得不到任何反应,一丝一毫都没有。这实在是不对劲。他说他写完一首诗,常常都会想到欧文曼小姐。应该说一句,欧文曼小姐是我们小时候在纽约第一家经常去的公共图书馆的一位图书管理员。他说他感到自己欠欧文曼小姐的,他本应该为了她努力、持久地寻找一种诗歌的形式,既符合他自己的独特标准,同时也不会跟欧文曼小姐的品位完全格格不入,哪怕是一眼看去。他说到这里的时候,我冷静、耐心地向他指出——也就是说,当然啦,用我该死的最高的嗓门——欧文曼小姐作为诗歌的评判,或者哪怕只是读者,在我看来会有哪些缺点。他随即提醒我,他到公共图书馆的第一天(六岁时只身前往),欧文曼小姐(且不管她是不是想做诗歌的评判)打开一本书,翻到达·芬奇画的一门弩炮,兴高采烈地放到他面前;写完一首诗,心里知道欧文曼小姐若读了,很难感到愉悦或者产生任何共鸣,他也就高兴不起来了,欧文曼小姐很可能刚刚读完她钟爱的布朗宁先生,或者同样亲切、同样直白的华兹华斯先生。争论——在我是争论,在他是讨论——到此画上句号。某些人相信,或者满怀激情地怀疑,诗人要做的不是写他必须写的东西,而是假设他的生命系于他对所写的东西负起责任,且必须以一种尽最大可能让更多的老图书管理员能够欣赏的创作形式,这种情况下他该写什么就写什么,跟这样的人你没什么好争的。

对于虔诚的人,耐心的人,有着赤子之心的人,这个世上所有重要的东西——不是生或死,也许,那仅仅是两个字,而是重要的东西——结局都是美好的。西摩生命完结前,大约有三年时间,他肯定是获得了作为一个老牌艺术家所能获得的最深刻的满足感。他为自己找到了一种恰恰适合他的诗体,这种诗体符合他一直以来对诗歌的一般要求,而且我相信,如果欧文曼小姐还活着的话,也很可能会觉得这种诗体颇震撼人心,甚至也许看起来很得体,且绝对"引人共鸣",前提是她在欣赏这些诗歌的时候就跟欣赏她的旧情郎布朗宁和华兹华斯一样毫无保留地全身心投入。西摩为他自己所找到的,西摩为他自己所发掘的,到底是什么,着实难以形容。*从以下这个

---

* 眼下最符合常情与理智的做法是,就在读者面前撂下一两首诗,或者干脆一百八十四首诗一起撂下,让他们自己读去就是了。可我没法这么做。我甚至连自己有没有权利来讨论这件事都不能肯定。我被允许坐在这些诗上面,编辑这些诗,照看这些诗,最后为这些诗找一家愿意出精装版的出版社,但是,这位诗人的遗孀,诗歌的合法拥有者,出于极其私人的原因,禁止我在此引用这些诗的任何部分。

事实出发,可能会有点帮助,西摩热爱三行十七音节的经典日本俳句可能胜过其余任何形式的诗歌,而且他本人也写——一字一血般苦吟——俳句(几乎都是用英语写的,但是有时候,也用日文、德文或者意大利文,我不得不这样提一句,但愿各位能体谅我的无奈)。不妨说一句,总是要说的,西摩后期的诗作给人感觉非常像是翻译成英文的某种双重俳句,如果说双重俳句存在的话,对此我想我不会模棱两可。但是想到某个20世纪70年代英语系的教员,虽身心憔悴,却仍乐此不疲地搞笑——不排除我自己的可能性,救救我,上帝——想到这个人非常有可能以此为素材开个一流的玩笑,说西摩的诗跟俳句比起来就像是双份马蒂尼跟普通马蒂尼的区别,想到这个我就会犯恶心。而且就算明知事实并非如此,只要这位老学究感到班级气氛正合适,就等一个笑话了,他是不会闭嘴不说的。无论如何,我这会儿感觉对头,那就容我细说端详吧:西摩后期的诗都是六行体,没有什么特别的音韵,通常多为抑扬格,他有意把诗压缩在三十四个音节,也就是两倍于经典俳句的音节,这一半是出于对已故日本大师的热爱,一半是出于他自己作为一个诗人的天性，他只在吸引人的有限领域中创作。除此之外，这一百八十四首现居于我檐下的诗中，没有一处不存在西摩自己的影子。至少，甚至，音质效果，是西摩所独有的。也就是说，没有一首诗有洪亮的音效，全都静悄悄的，正是西摩认为诗歌应有的安静感觉，但是间或也会有几阵短暂强劲的谐音（这个字眼很吓人，可是别无选择），对我个人有如下的效果：仿佛有人——当然不是一个完全处于清醒状态的人——推开我的门，对着屋里在一支小号上吹了三、四或五个音符，有多甜美有多专业不在话下，接着他便消失了。（我之前从未遇到哪个诗人写的诗读到一半会让人产生有谁在吹小号的感觉，更别说吹得如此优美了，对此我不会再多说一句。事实上，什么都不用说了。）我以为，西摩的诗恰恰就该是这样的六行结构，就该由这些奇奇怪怪的泛音组成。显然，一百八十四首诗中，大部分作品充盈着无穷的勇气而非欢悦，而且任谁都能读，也无论是在什么地方，甚至可以在一所仍在改建中的孤儿院里，在暴风雨的夜晚大声地朗诵。不过那最后的三十到三十五首，我不会毫无保留地推荐给随便哪个活着的灵魂，除非这个灵魂在他的有生之年至少已经死过两次,最好还是缓缓死去的。如果问我我最喜欢哪几首,那当然是有的,就是诗集中最后的两首。我想简单描述一下这两首诗的大概内容,这总不至于会踩到谁的脚趾吧。倒数第二首是讲一个年轻的已婚女子,已为人母,她显然正在经历一场——按老黄历的说法是——婚外恋。西摩没有描写她,但是她进入诗中的时候,正是西摩的小号吹得格外动人的时候,在我的想象中,这个女孩面貌美得惊人,聪明适度,忧伤过头,而且住的地方很可能就离纽约大都会博物馆一两条马路。某一天晚上,她幽会到很晚才回家——在我脑海中她睡眼惺忪,口红抹了一嘴——在她自己的床单上发现了一个气球。有人就那样把气球留在了那里。诗人没有说,但这肯定是一个很大的、吹足气的玩具气球,可能是绿色的,就像春天的中央公园。另一首,诗集中的最后一首,是关于一个住在郊区的年轻鳏夫,一天晚上,他坐在自家的草坪上,隐约感觉是穿着睡衣裤,披了件睡袍,在那里看天上的一轮满月。一只无聊的白猫,显然是他家的一员,而且几乎肯定曾经一度是他家的主要人物,走到他身边,打了个滚,他一边看着月亮,一边伸出左手让母猫咬。这最后一首诗,事实上,完全可能让我的一般读者感到特殊的兴趣,是就两个特别的问题而言。我很想展开讨论一下这两个问题。

西摩的诗一概朴实无华,毫无例外素面朝天,大多数诗本该如此,若明显有中国及日本的"影响",那更是非如此不可。然而,大约六个月之前,我的小妹弗兰妮周末来我这里,随意翻我的抽屉,碰巧看到了那首鳏夫的诗,我上段中刚把情节叙述了一遍(罪该万死);当时我想把这首诗重新打一遍,就从诗集里抽出来了。由于某些眼下完全没必要说明的原因,弗兰妮以前从未见过这首诗,所以,她很自然地就当场读了起来。后来,她跟我聊起这首诗,她说她不明白为什么西摩说这个年轻的鳏夫让那只白猫咬的是自己的左手。这让她心神不定。她说,这听起来更像我,而不是西摩,她是说这种"左还是右"的作风。当然,我对细节的专业热情与日俱增,除了这一诋毁性的批评之外,我想她的意思是"左"这个形容词让她感觉突兀、露骨、缺乏诗意。我把她驳倒了,而且,老实说,如果有必要的话,我也准备把**你**驳倒。我心中肯定的是西摩认为说清楚是左手这一点至关重要,这位年轻的鳏夫让白猫将它尖利的牙齿插入他的左手,次好的那只手,这样就可以把右手腾出来做猛拍胸口或者额头之用——也许很多读者对这一分析的反应都是,实在太、太烦人了。也可能真是这样。但是我知道我哥哥对人的手有怎样的感受。此外,这件事尚有另一面,绝不容忽视。关于这一点若再做文章,也许给人感觉有点没品位——简直就像在电话里对着一个陌生人坚持要把《爱尔兰之花》[16]的剧本从头到尾念一遍——但是西摩有一半的犹太血统,对于这个主题我的发言不可能有伟大的卡夫卡的绝对权威,然则以我四十不惑之年的眼光来看,任何一个有理性的人,如果他的血管中流着这许多闪米特人的血,他同他的两只手便会相处得异常亲密,几乎是惺惺相惜的关系,而且尽管他可能年复一年地把双手插在他的口袋里,无论事实如此,**还是**在比喻的层面上(恐怕大多数时候就像两个爱出风头的老朋友或者老亲戚,他宁愿他们别去抛头露面),我想,他还是会使用他的手,紧要关头说出手就出手,常常还会有大手笔,比如在一首诗的中间,非常没有诗意地提起那只猫咬的是只左手——诗歌,当然是紧要关头,是唯一可采取行动的紧要关头,是属于我们的紧要关头。(我为以上的冗赘道歉。不幸的是,下面还有。)我之所以认为那首诗也许会让我的一般读者感到特殊的——而且,我希望,是真正的——兴趣,第二个理由在于我注入诗中的一股怪异的个人力量。我从没读到过类似这首诗的东西,我不妨不识相地提一句,从童年时代一直到三十岁之后,很少有哪一天我读书少于二十万字,而且经常是接近四十万字。到了四十岁,我承认,我几乎都没有饥饿的感觉了,在我不需要批改年轻女学生写的英语作文或者修改我自己写的文章的时候,我很少读东西,除了来自亲戚们措辞严厉的明信片、野生鸟类观察员的报告(各种各样的),以及我的老读者们寄来的"祝早日康复"的短笺,他们不知从哪里得来的小道消息说我一年有六个月待在一个佛门寺院里,另外六个月待在精神病院里。然而,我很清楚,一个不读书者的骄傲——或者,不如说一个书籍消耗量骤减者的骄傲——要比某些猛读书者的骄傲更让人难以忍受,正因如此,我努力地(我这话是认真的)保持了一些我最早的文学青年的自负。其中最过分的一条是,我总能分辨一个诗人或者作家笔下是他一手、二手,还是第十手的经历,还是在向我们兜售他自认为纯原创的东西。然而我第一次读到那首年轻鳏夫与白猫的诗,那是1948年的事了——或者不如说听到它被念出来的时候——我发现要相信西摩没有背着我们全家埋过至少一个老婆真是件很难的事。当然,他的确没有。没有(如果这会儿有谁先脸红的话,是读者,不是我)——这一世,无论如何没有。而且就我对这个男人天罗地网、精如蛇蝎般的了解而言,他也从未跟年轻鳏夫们有过任何亲密接触。最后说一句十分欠妥当的话:作为一位美国男性,西摩本人当时成为鳏夫的可能性实在微乎其微。而且虽然每个已婚男子在某些说不准的时候,许是煎熬、许是兴奋的时刻,都有可能——也包括西摩在内,刚刚能想象而已,纯粹就是这么一说——做过这样的考虑:如果那个小女人不在了,生活会是什么样子(此处的言下之意是:一个一流的诗人有可能经过此类的胡思乱想就写出一篇上乘的挽诗来),这种可能性在我看来不过是给心理学家们大做文章的素材,跟我要说的全不是一回事。我要说的是——我尽量不详细展开,尽管一般来说很难做到——西摩的诗越是显得私密,或者越**是**私密,则越反映不出他每天实际生活的内容,他在这个西方世界中为人所知的生活细节。事实上,我的弟弟维克表示(但愿这话别走漏风声传到他修道院的院长那里)西摩很多最打动人的诗似乎都基于他前几世的沧桑起伏,那些日子于他历历在目,贝纳勒斯的远郊,封建时期的日本,还有亚特兰蒂斯的古城。我且打住,当然是为了给读者一个挥手表示不屑的机会,或者,更可能是跟我们这批家伙彻底划清界限。反正都一样,我可以想象我们家活着的这些孩子都会高声附和维克,尽管有一两个,可能会稍微带点保留意见。比如,西摩自杀的那个下午,他在宾馆写字台的记事簿上写了一首直白的古典俳句。我并不喜欢自己做的字面翻译——西摩是用日语写的——在诗中他简短地讲了一个飞机上的小女孩,她的座位上并排坐了个洋娃娃,她把洋娃娃的脑袋转过去看着诗人。这首诗写成之前一个星期左右,西摩的确乘坐过某架客机,我的妹妹波波暗示说可能是有一个带着洋娃娃的小姑娘在他那架飞机上,这种说法不怎么可靠。我个人表示怀疑。不一定全盘否定,但是我表示怀疑。而且就算真有个女孩——我是一分钟都不信的——我也打赌这个孩子从没想过要把她朋友的注意力引向西摩。

关于我大哥的诗我是否说得太多了？我是不是太饶舌？是的。是的。关于我大哥的诗我说得太多了。我是太饶舌了。而且我自己也是在意的。但是随着行文的推进，我不想罢手的原因像老鼠一样成倍繁殖。更何况，尽管我是一个幸福的作家，正如我早已大张旗鼓地宣扬过的，我却可以发誓我不是，从来都不是，一个快乐的作家；上苍慈悲，我也有属于专业作家的不快乐思想的配额。比如，以下这个想法我不是这一刻才有的：一旦我重新开始记述我所知道的西摩本人，我就不会再提及他的诗了，我不可能再给自己空间，抑或所需要的脉搏，抑或那种渴望，在一个宽泛然而真实的意义上来说。此时此刻，叫人骇异的是，我这样扼腕检讨自己的饶舌，很可能我正在失去一生唯一的一次机会——我想是我最后的机会，真的——用我喑哑的声音最后做一次会招来一片反对的广而告之：我的哥哥是一位美国诗人。我绝不能任此机会流失。以下是我要说的：我们美国有过半打或者稍微再多一点的有原创性的诗人，有过无数有才华有个性的诗人，有过——尤其在现代——很多有天分的离经叛道的文体，我回顾这些诗人，重新倾听他们的作品，就会有种类似肯定的感觉，我肯定只有三到四个诗人**的确**不是可有可无的，而且我认为西摩最终会加入这几个人的行列。不会是一夜之间的事，**这可以理解**。哎哟！你能怎么着？最初一批评论者会说这些诗"有趣"或者"很有趣"，算是委婉的否定，之后或三缄其口，或干脆词不达意，尤为恶毒地宣布：这不过是些微不足道的、次声学的东西，上不了现代西方的台面，诗中嵌入了大洋彼岸的墩座，配上念经台、高脚杯、装着冰镇海水的酒壶，也算齐全了——这些是我的猜测，也许是我臭名昭著的未雨绸缪。然而我注意到，一位真正的艺术家，是什么都打不倒的。（连赞扬也打不倒他，我不无欢喜地怀疑。）而且我也因此想起我们小时候，有一次西摩把我从熟睡中叫醒，他十分兴奋，黄色的睡衣在黑暗中飞舞。他脸上是我弟弟沃特过去常说他的那种"我发现了！"的表情，他是想告诉我他觉得他终于知道了为什么耶稣说不要管任何人叫傻子。（当时这个问题已经困扰了他一个礼拜，因为我相信他觉得这话听起来更像是一条来自艾米丽·波斯特的建议，而不是来自一个忙于天父的事务之人。）耶稣这样说了,西摩觉得这是我想知道的,耶稣这样说了是因为世上本没有傻子。傻×,有——傻子,没有。在西摩看来这值得把我叫醒,但是如果我承认是这么回事(我的确承认,毫无保留地承认),我就不得不退一步也承认,就算是诗歌评论家,如果给他们足够的时间,他们也会证明自己并不傻。说老实话,这一想法对我来说来之不易,我对于得以进入不同的话题也心怀感激。我终于好不容易抵达了关于我哥哥诗歌的专题讨论的真正源头,这一讨论不但是强迫症性质的,而且恐怕还时不时有脓包突起。最开始我就预见到了这一刻。我多么希望读者能先对我说些难听的话。(哦,你们这些旁观的人——让人羡慕的沉默是金。)

我有一种反复出现的不祥预感,时值1959年几乎已成病态,我预见西摩的诗被广泛正式地认可为一流的诗(堆在大学的图书馆里,进入现代诗歌课程大纲),等到那一天,我吱呀一声推开前门,新入学的青年男女们便会齐刷刷地甩出笔记本,有一本的,有两本的,万事俱备。(很遗憾还是把这话说出来了,不过这会儿再假装胸无城府已经太晚了,更别说假装优雅了,而且我下面这话非说不可:我写的东西以用心良苦闻名,已经使我荣幸地成为自法芮斯·L.莫纳汉姆之后最受欢迎的、出过书的假文人,相当一部分英语系的年轻人早就知道我住在哪里,何处乃我的藏身之地:他们在我的玫瑰花圃里留下的轮胎印足以为证。)有些学生,逮着一个文学圈里的家伙,管他是谁,巴不得直接探进那人嘴里去看个明白,他们也真做得出来;大体上,我眼都不用眨就可以告诉你,此等年轻人分三类。第一类是这样的,这个小伙子抑或大姑娘,对于任何严肃的文学作品都热爱、尊敬得几欲发狂,可要是他或她没法见到雪莱真身,那么能找到别的什么高产作家也无所谓,这些作家的书质量差些,销量一样很高。我很了解这些男生女生,或者我自以为了解。他们天真烂漫,他们热情似火,他们通常有点儿不靠谱,我觉得他们也一直都是世界各地文学圈的希望,这些圈子里的人都是老于世故的既得利益者。(在过去十二年里我每教两到三个班就会遇到一个这样的魅力女生或魅力男生,他们活力四射,自以为是,让人不胜其烦,且好为人师。我的运气真是好得自己都不相信。)第二类年轻人真的会为了捕捉文学数据而去按门铃,他们得了一种学术溃疡,为此还有点儿沾沾自喜,这病是从某个现代英语教授或者研究生讲师那里传染的,自从大一那年起他遇到过不下一打的教授和讲师。如果这个年轻人本人已经在教书或者正要开始教书,那么通常这个病就拖得时间太长了,你会怀疑还有没有可能遏制病情的进一步恶化,哪怕有人全副武装地想试一试。比如,就在去年,一个年轻人来找我,因为我几年前写过一个东西,其中谈得很多的是安德森[17]。他过来的时候我正拿着一把烧汽油的链锯在切割过冬用的柴火——这把链锯我用了八年,但每次用还是让我胆战心惊。正是融雪时节,一个阳光明媚的日子,说实话,我刚找到一点儿梭罗的感觉(这在我实在是难得,因为在乡下住了十三年,我却仍然是一个按照纽约街区长度来测定田园距离的人)。长话短说,那个下午本来感觉很不错,还带点儿文学味儿;我记得我让那个年轻人试试我的链锯,心里满怀期待,就像拎着一桶石灰水的汤姆·索亚[18]一样。他看起来即便说不上魁梧,也总算很健康。然而,他那富有欺骗性的外表差点让我没了左腿。我就安德森温婉中见劲道的文风作了一番简短而乐在其中的颂扬,等我一结束,这位年轻人在链锯左飞右舞、嗡嗡大作的间隙,问了我一个问题——提问之前他若有所思地停顿了一会儿,让我满心期待,真是残忍——他问我,我是否认为存在一种特有的美国的时代精神。(可怜的年轻人。即便他再细心地照料自己,在校园里的风光日子至多也就五十年吧。)第三类人需要为他或她另起一段,一旦西摩的诗被全部开箱、贴上标签,我相信他们就会经常光顾我的住所了。

诗歌对大多数年轻人的吸引力远不如某个诗人生活中或多或少的细节对他们的吸引力来得大,这些生活细节可以被笼统地、常规性地定义为"耸人听闻",这听起来有点匪夷所思。然而我倒并不介意哪一天拿这种匪夷所思的观点好好做点学术文章。无论如何我对以下这件事深信不疑:如果我让我两个"如何发表作文"培训班上的六十几个女生——大多数是三年级学生,全都是英语专业的——引用《奥西旻提斯》[19]中的一句话,随便哪一句,或者就跟我大概说一下这首诗是讲什么的,我怀疑有没有十个人能答上来,但是我可以拿我那些还没抽枝的郁金香打赌,她们中准有五十几个能告诉我雪莱是提倡自由恋爱的,他有一个老婆写过《弗兰肯斯坦》,还有一个老婆跳河自杀了。*请注意,对此我既不感到震惊,也谈不上出离愤怒。我觉得我甚至连抱怨的意思都没有。因为如果说谁都不傻,那么我也不傻,不管我们上一个生日蛋糕上的蜡烛散发出的热气已经多么接近鼓风炉散发的热气,也不管我们可能在智力、道德、精神上到达多么崇高的高度,对于耸人听闻,或者半耸人听闻的流言(当然,低级和高级的流言都包括在内)我们总会热情百倍,也许这是我们身为血肉之躯的所有欲望之中最难以餍足抑或最难以被有效遏制的一种。(可是,我的上帝,我干吗要这么没完没了呢? 我们的诗人对此自有形象的描绘,我干吗不直接找他呢? 西摩的一百八十四首诗中有一首——震惊只是这首诗留给你的第一层冲击;第二层

---

* 为了说明一个观点,我很可能让我的学生难堪了,有点多此一举。小学老师以前都是这么干的。或许也可能是我选错了诗。如果真像我幸灾乐祸地讲的那样,即我的学生们对《奥西曼提斯》半点印象都没有,那可能很大一部分可以归咎于这首诗本身。可能"疯雪莱"还是疯得不到家。无论如何,可以肯定的是,雪莱的疯不是心灵之疯。我的姑娘们毫无疑问都知道彭斯是个花天酒地的家伙,而且有可能她们以此为乐,但是我同样确定她们也都知道彭斯犁地时犁出的那只了不起的老鼠。(我在想,那站在沙漠中的"两条巨大的、没有躯干的石腿"有没有可能是珀西自己的呢? 你能想象珀西的生活比他最优秀的诗歌流传得更久远吗? 如果真是这样,那么原因是否是——好吧,我还是打住吧。但是年轻的诗人们注意了,如果你想我们记住你最好的那些诗,至少像我们津津乐道于你那刺激而绚烂的生活那样,你最好给我们来一只上好的大田鼠,小胸脯红通通的,每一节诗里都得来一只。)

冲击则如我读过的赞歌一样鼓舞人心——讲一位行将就木的著名苦行僧,他的床边围着念经的长老和信徒,院子里有一个洗衣妇正在说僧人邻居家的衣服如何如何,僧人躺在那里竖起耳朵使劲想听清那个洗衣妇的话。西摩的意思很清楚,这位老绅士隐隐地巴望长老们能够把声音压低一点儿。)然而,我意识到我正遇到一点**小小的**麻烦,这也很寻常,因为我想让一个信手拈来的普遍原理老老实实地待着听我指挥,用来证明一个不着边际的具体的假设。我想对这个问题我必须运用常识,虽然心里老大不乐意。在我看来,以下一点是千真万确的,对于因或伟大或优秀的艺术作品而出名的艺术家及诗人,若其为人有何鲜明的"不妥"之处,这大千世界中的很多人,无论年龄大小、文化异同、天资高低,都会感到一种特别的鼓舞,有时候甚至是冲动:严重的性格缺陷,不良公民记录,可资构想的伤心情事抑或浪漫嗜好——极度的自我中心,婚外恋,全聋,全盲,某种可怕的饥渴,极其糟糕的咳嗽,看到妓女就拐不动道儿,偏好大规模的通奸或乱伦行为,证实或尚未证实的鸦片瘾或鸡奸瘾,等等等等。上帝可怜可怜那些孤独的杂种吧。有创造力的人拥有种种身不由己的弱点,如果说自杀不是这一长串弱点中排第一位的,我们还是不难发现自杀的诗人或者艺术家总是获得大量热烈的关注,几乎很少不是出于感伤主义的情怀,就好像这个自杀的人(说得尤其过分一点,实属情非得已)是一窝猪崽中耷拉着耳朵的最小的那一只。这个想法让我度过很多个不眠之夜,可能以后还会如此,无论如何,总算**一吐为快**了。

(记下以上这一切之后,我怎么还能感觉幸福呢?可我就是感觉幸福。打骨子里不快乐,不开心,可我获神启的灵感似有金枪护体。一心只系着我此生认识的那一个人。)对于紧接下来的篇幅,我搓着两只手,计划之宏伟你恐难想象。不过,这些计划感觉放在我那只废纸篓里才显得近乎完美。按我的**打算**,最后那两段半夜写的东西就放这里了,几句阳光的连珠妙语,一串相得益彰的笑话,是那种听了就会拍大腿的,想来这样的笑话经常会让我讲故事的同行们嫉妒或者恶心得脸发绿。我还打算这就告诉读者们,要是真有年轻人上我家来询问关于西摩的生生死死的问题,那时候,我本人的一种奇特的隐痛,呜呼哀哉,会让眼前的这群听众彻底不知所措。我计划了要提一下——只是顺便提一下,盖因后文还会对此大书特书,但愿如此——我和西摩,小的时候,大概有七年时间一起在一个电台的智力节目里回答各种问题;自从我们正式告别电台生涯之后,我对于他人的感觉,哪怕只是向我问一下现在几点的人,几乎就跟贝特茜·乔特伍德[20]对驴子的感觉一样。其次,我打算透露一下:在做了十二年大学讲师之后,此刻的我,1959年的我,常常会发作一种病,我的同事们称之为格拉斯综合征,我想这是他们看得起在下——用大白话来讲,是一种腰部和下腹部的病理性痉挛,一位刚下课的讲师若在教室里看到有四十岁以下的人朝他走来,他就会发病,痛得弓起身子,赶紧穿过马路,或者蜷缩到大件的家具后面去。然而这两段俏皮话此处全不管用。其中不乏有悖常理的实情,但是远远不够。因为我刚刚在几段之间意识到一个可怕的并非不可全信的事实:关于那位已逝者,我**渴望**述说,渴望被询问,渴望被审讯。我刚刚顿悟,除了很多其他的动机——不是那么不光彩的动机,上帝保佑——我身上还有一种甩也甩不掉的自以为是,那通常是属于幸存者的自以为是,总觉得自己是唯一一个还活着的曾与死者熟识的人。**哦，让他们来吧**——乳臭未干的、热情似火的、学院派的、打探派的、高的矮的还有无所不知的人们！让他们一车一车地来吧，让他们张开降落伞、挂着徕卡相机来吧。鄙人脑袋里蜂拥进亲切的欢迎词。一只手已经伸出去拿洗洁精，另一只抓起没洗过的茶杯茶碟。布满血丝的眼睛练习着如何焕发神采。**陈年旧月的红地毯铺起来了。**

接下来所要陈述的，相当微妙。诚然，有那么一丁点儿**粗陋**，但是很微妙，相当微妙。

我们家所有的孩子都曾是，一直是，一个历史长得吓人的、十八般武艺俱全的、专业卖艺世家的后代；考虑到关于这方面的陈述也许后文不会再如此面面俱到，我觉得这会儿就该跟读者们说明白，而且最好他们能就此牢记于心。从基因角度来说，或者咕哝一句，大多数时候，我们唱歌、跳舞，还有（你不会怀疑吧？）讲"好玩的笑话"。但是我觉得有一点尤其重要，需要牢记于心——西摩也这么看，从小就是——我们中还有一伙很杂的马戏团演员，或者这样说吧，马戏团边缘演员。我的某一位曾祖父(**也是**西摩的曾祖父),就是为人津津乐道的例子,他曾是著名的波兰犹太裔嘉年华小丑,艺名"揍揍",先曾祖父有一生猛偏好——喜欢从半空中往一小桶水里扎猛子。我和西摩的曾外祖父,一个名为麦克马洪的爱尔兰人(谁也没本事引诱我母亲把他叫作一个"大好人",这对我母亲来说着实不易),他是一个单干户,一度常常在草地上摆出一溜十三又二分之一加仑的威士忌空酒瓶,等到愿意付几个子儿的人群围拢过来,他就会踩着瓶子跳舞,据说相当有韵律。(看来我们家族里颇有几个脑袋不开窍的人物,当然你们对此不会有什么怀疑。)我们自己的父母,莱斯·格拉斯和贝茜·格拉斯在杂耍剧团和音乐厅里做相当传统的但也是(**我们**相信)精彩绝伦的载歌载舞的踢踏舞表演,在澳大利亚的时候爬升至接近演员表头牌的位置(我和西摩在澳大利亚度过大约两年的幼儿期,那时我们父母的演出总是被预订一空),后来他们在美国本土的老潘塔奇斯马戏团和欧菲姆剧团巡回演出,可谓名噪一时。为数不少的人认为,他们搭档做杂耍演员的时间本来还可以更长一些。然而,贝茜有她自己的想法。贝茜不仅一直多少有点儿未卜先知的天分——一天两次杂耍表演,这早在1925年就几乎没什么出路了,而且作为一个母亲以及舞者,贝茜对于在越来越多的又做电影院**又做**杂耍剧场的地方一天表演四次感到极度反感——不过,更主要的是,贝茜小时候在都柏林,她的双胞胎妹妹在后台死于重度营养不良,从此之后,任何形式的安全感对于贝茜来说都有致命的吸引力。无论如何,时值1929年春天,五个孩子因德国麻疹卧病在床,挤在曼**哈**顿老阿拉姆卡旅馆的三间半很不体面的房间里,贝茜得知自己再度怀孕(后来证明是误诊;家里的两个宝宝,祖伊和弗兰妮,分别要到1930年和1935年才出世),于是在一场在布鲁克林埃尔比剧院的反响平平的表演之后,贝茜突然求助于一个"有来头的"铁杆粉丝,我父亲便有了一份工作,之后年复一年,他总是声称自己的工作为电台商业化画上了一个宗教式的句号,面对家里四起的反对声,他从来都面无惧色;至此"盖勒格与格拉斯"的巡回演出也正式结束。不过我在这里**主要**还是试图找到一种最踏实的表述方式,用以说明我们家的七个孩子无一不具备这种舞台脚灯加大马戏团的奇特遗传基因,这是我们所有人生活中一个无所不在的重要部分。两个最小的,我早已提过,干的就是专业演员。但是不是专业演员根本不足以供划分**清晰**界限之用。我两个妹妹中大的那个,从表面来看,是个不折不扣的郊区居民,三个孩子的母亲,一个塞下两辆车子的车库的主人之一,可是只要碰到尤其开心的时候,她就会玩命似的跳舞,一点儿都不夸张;我曾亲眼见她抱着我才五天大的外甥女突然跳起一套踢踏舞,从头到尾一个动作也没漏(类似鲁尼夫妻档常跳的那种舞,又经过耐德·威伯恩的改编),把我吓坏了。我已故的弟弟沃特,第二次世界大战刚结束时他死于发生在日本的一次事故(这一轮里关于沃特我尽量不展开,不然我就别想停了),这也是个爱跳舞的,与我妹妹波波比起来,他可能没那么多即兴的冲动,但是技巧方面专业多了。他的双胞胎兄弟——我们的兄弟维克,我们的僧人,我们的加尔都西会修士——他小时候自说自话地把W.C.菲尔兹册封为圣人,那是有灵气、特闹腾的一个人,但还是挺神圣的;维克常常会学那一位的样儿,练习耍香烟盒,还有很多别的把戏,一耍就是几个小时,直到熟能生巧为止。(家庭内部谣言称维克最初离开修道院——被解除他在亚士多利亚的俗家牧师职责——是因为他在给教区居民分发圣餐华夫饼干的时候,总是忍不住往后退几尺,然后瞄准居民的嘴巴把饼干扔过去,用右手在左肩上方扔出一个可爱的弧度。)至于我本人——我想把西摩留到最后——毫无疑问我也爱跳点儿舞,对此我深信不疑。当然,是有人要求我跳的时候。除此之外,我不妨提一句,我常常有这样一种感觉,我的曾祖父"搂搂"总在看着我,虽然多少有点怪;我感觉我在树林里散步或者走进教室的时候,都是亏了他的神秘看护,我才没有踩到自己身上那条无形的小丑大灯笼裤,才没有摔个大跟头;坐在打字机前,可能也多亏他负责,我的小丑鼻才隔三岔五地指向东面。

最后,我们的西摩,生也好,死也罢,其受"家庭背景"影响的程度跟我们几个比起来,一分也不少。我先前早已提到过,在我看来西摩的诗极度私密,将他本人彻底暴露,然而尽管如此,西摩写任何一首诗的时候,哪怕极乐缪斯就坐在他的肩头,他也不会留下丝毫真正有关他个人现实生活的痕迹。对此,我的评价是:高度文学性的杂耍表演,尽管可能不是所有人都会欣赏——传统的第一个节目,一位平衡文字、情感的男演员,下巴上顶着一支金色的小号,而不是更常见的手杖、桌子,或者装满水的香槟酒杯。但是我有远比这更详细、更重要的故事要告诉你。这一刻我盼望已久:1922年,西摩和我分别是五岁和三岁,那一年莱斯与贝茜在布里斯班跟乔·杰克森同台表演了几个礼拜——乔·杰克森多厉害呀,他那辆镀镍自行车光芒万丈,在剧院最后一排也看得清清楚楚,感觉比铂金还亮。很多很多年以后,第二次世界大战爆发没多久,我和西摩刚刚搬进一套纽约的我们俩自己的公寓,某天傍晚,我们的父亲——莱斯,下文都将作此称呼——回家路过我们这里拐了进来,他刚打完牌,皮纳克尔牌。很明显他整个下午拿到的都是一手臭牌。不管怎么说吧,他走了进来,事先铁了心绝不脱大衣。他把我的手掌翻过来检查我的手指上有多少香烟印子,然后问西摩一天抽几根烟。他觉得他在自己的高杯酒里发现了一只苍蝇。如此这般,对话直奔地狱而去——至少是在我看来——这时莱斯突然站了起来,走过去看新近贴到墙上的他和贝茜的照片。他沉着脸足足看了一分钟不止,然后转过身,带着一种家里每个成员都再熟悉不过的生硬腔调,问西摩是否还记得那一次乔·杰克森让他,就是西摩,坐在他自行车的车把上,绕着舞台转了一圈又一圈。西摩坐在一把灯芯绒包布的老靠背椅里,在房间的那一头,抽着烟,身上穿一件蓝色衬衫,灰色的宽松长裤,一双软帮鞋,后跟脱了,我能看到他一边脸颊上有一道剃须时留下的刮伤;他严肃而迅速地回答了这个问题,以他回答莱斯的提问时常用的特殊语气——就好像,这些问题是他这辈子最希望被问到的,胜过所有其他的问题。他说他不能确定自己是不是压根没有从乔·杰克森那辆美丽的自行车上下来过。这个回答,除了对于我父亲本人而言有无穷宝贵的情感价值之外,在很多方面,它都是真的,真的,真的。

离写完上文最后一段刚好过去两个半月,弹指一挥。发表这个小小声明的时候,我有点儿龇牙咧嘴,很是勉为其难,自己又读了一遍,感觉好像紧接着我有多少悄悄话要说似的:譬如我工作的时候总是坐在椅子上,构思的时候要一口气喝掉三十杯黑咖啡,业余时间就给自己打家具;总之,这句话的口气就像一位作家在跟某个报纸周日图书版派来的采访官对谈,很不情愿地讨论他的写作习惯、兴趣爱好,以及某些无伤大雅的性格缺陷之类。我眼下实在没有心情说这样的**悄悄话**。(事实上,我眼下正密切监视自己的一举一动。在我看来,这篇东西写到目前为止,就属此时此刻陷入亲密口吻的危险最大,是那种内衣性质的亲密。)我之所以宣布段落之间存在长时间的拖延,旨在告知读者我因患急性肝炎卧床九个星期,刚刚恢复。(这下你知道我说的内衣性质是什么意思了。我那句读者告白活像从明斯基滑稽歌舞剧中**搬来**的台词,几乎原封不动。二号香蕉:"我在床上躺了九个礼拜,与急性肝炎为伴。"头号香蕉:"你这个走运的家伙,你是说哪一个? 炎家的两个妞都极性感。"[21]如果这就是我即将获得的健康证书,我还不如找一条捷径,赶紧回"病谷"去吧。)我从病床上爬起来四处走动已有近一个礼拜了,两颊跟下巴也完全恢复了血色,我现在这样直言不讳,当然也理应如此,只是不知读者是否会误解我的坦率? ——我觉得,主要有两种误解的可能性。其一,他是否会认为我是在嗔怪他不该忘了往我的病房大捧大捧地送茶花? (没错,我的幽默感正随着秒针递减,这么一说大家都能松口气。)其二,他,读者君,是否会这样想,以这一病情报告来看,我个人的幸福感——于本文开篇大肆兜揽的幸福感——也许根本不是什么幸福感,也许不过是胆汁分泌失调?这第二种误解的可能性是我尤其严肃关注的。写这篇小传记是一件真正让我感到幸福的事,这一点是肯定的。我在整个肝炎期间都奇迹般地以我独特的仰卧方式保持着幸福感(本来单是"肝""感"的头尾韵就能要了我的命了[22])。此时此刻我也有狂喜般的幸福感,我很幸福地告诉大家。这不是要否认(我之所以拿我那只可怜的老肝这样作秀,真正的原因总算要揭晓了)——我再重复一遍,这不是要否认我生的病给我留下了某种可怕的后遗症。我对于动不动就另起一行深恶痛绝,但是要说明这个问题恐怕我需要来一个新段落。

就是上个礼拜的某个晚上,我终于有了精神头,感觉有力气可以继续这篇小传的写作,我描写西摩的灵感充沛依旧,可是我却发现我已经失去了描写西摩所需要的手法。**我不在的这段日子他长得也太快了。**这几乎不可思议。我生病前他是个尚能对付的巨人,短短的九个礼拜,他噌噌地蹿成我生命中最熟悉的那个人,这个人从来不是任何一张普通的打字机上的纸所能容下的——反正我的打字机上的纸不行。说白了,我就是慌了神,那一晚之后接连五个晚上我都六神无主。然而,我寻思话说到这里可以打住了。因为到底还是出现了一线绚烂的生机。我这就一口气告诉你,我今晚到底做了件什么事,以至于感觉明天晚上我就可以再次拿起笔,可能比以往任何时候都更自大、更显摆、更叫人难以忍受。很简单,大约两个小时前,我读了一封私信——更确切地说,是一份详细的备忘录——是1940年的某个早晨有人在我的早餐桌上留下的。确切地说是压在半个柚子下面。我打算再过一两分钟后把这封私信全文录下,对此我感到难以言说的("荣幸"不是我想要表达的意思)——难以言说的空白。(哦,让人幸福的肝炎!我所经历过的疾病——也可以说悲伤抑或灾难——最终无一不绽放为一朵鲜花,或者一份精彩的备忘录。我们需要做的只是不停地寻找。西摩十一岁的时候,有一次在电波里说,整部《圣经》,他最喜欢的一个词是"看"!)不过在我切入主题之前,还有几件事要顺便提一下,这在我是义不容辞,从头到脚都是。所谓机不可失,时不再来。

我每写一些新的短篇小说,只要切实可行,很多时候哪怕不可行，我都会拿西摩做实验，这已经是我的习惯、我的强迫症，这一点我之前没提过，似乎是个严重的疏漏。做实验的意思是，我会把我的故事大声地念给西摩听。我念起来**抑扬顿挫、声嘶力竭**，那意思很明显，一等我念完，所有的人都会需要一段时间的"休整期"。这是为了说明何以我的声音停止之后，西摩不会立即发表任何评论。他通常会看着天花板，大约持续五分钟或者十分钟——只要我念故事，他无一例外都会呈大字形躺在地板上——然后站起身，（有时候）一只脚麻了，他就会轻轻地跺一跺，随后转身出门。再之后——通常是几个小时之后，但是有那么一两次是几天之后——他会在一张纸条上写下几行字，或者写在衬衣里的卡纸板上，然后留在我的床上，或者饭桌上，我坐的那一面，或者（这种情况最少）通过美国邮政寄给我。下面就是他的几则短小的评论。（老实说，这只是热热身。我没必要否认这一点，虽然也许我应该否认。）

骇人，但是公正。一颗诚实的美杜莎的头颅。

但愿我知道是怎么回事。女人没什么问题，但是画家好像无法摆脱你朋友的阴影,就是那个在意大利给安娜·卡列尼娜画肖像画的人。一流的阴影,最好的,不过你自己身后也有一群坏脾气的画家。

巴蒂,我觉得应该重写。医生太棒了,但是我觉得你喜欢他喜欢得太迟了。整个前半部分,他完全被冷落,等着你去喜欢他,他可是你的主角。你把他跟那个护士的你一言我一语当作一组对话。这本来应该是个虔诚的故事,但现在是清教徒式的。他每说一句"去他妈的上帝"我都能感觉到你的不满。这让我不舒服。医生也好,莱斯也好,任何人说"去他妈的上帝"不也都是一种低级形式的祷告吗?我不相信在上帝眼中会存在任何形式的亵渎。亵渎这个字眼是大惊小怪的神职人员发明的。

这个故事我只能说抱歉。我听的时候走神了。我真的很抱歉。第一个句子就把我甩出了十万八千里。"何肖早晨醒来,头痛欲裂。"我就指望着靠你把小说中的骗子何肖们一劳永逸地结果掉。根本就不存在任何何肖。你能把故事再给我念一遍吗?

求你跟你的聪明和解吧。巴蒂,你是不可能摆脱它的。你自作主张地扔掉你的聪明,这样做既不明智也不自然,就好比B教授让你不要用形容词跟副词,你就真的不再用了。B教授知道什么?你对你自己的聪明又真的知道什么?

我已经坐在这儿撕了好几张字条了。每次我第一句都是"这个故事结构非常好","卡车后车厢里的那个女人很有趣",还有"两个警察间的对话棒极了"。所以我是在顾左右而言他。我也不知道为什么。你刚一念,我就开始感觉有点儿紧张。这个开头听起来像是你的头号敌人鲍勃·B.称为呱呱叫的故事。你难道不觉得他会说这个开头是向正确方向迈出的一步吗?这不让你担心吗?甚至那个卡车后车厢里的女人,她身上有趣的东西对你自己而言也不像是真的有趣。听起来更像是在你看来被普遍认为是有趣的东西。我感觉上当了。你听了生气吗?你可以说我们的血缘关系毁了我的判断力。这个问题没让我少操心。但是我同样也只是个读者。你是个作家还是个只写呱呱叫的故事的作家?你给我一个呱呱叫的故事,我心里不是个滋味。我要的是你的**真货色**。

我脑子里都是这个新故事。我不知道该说什么。我知道如果陷入感伤主义会有什么样的危险。你越过了危险地带,很高明。可能太高明了。我不知道自己是不是想看到你哪怕打个趔趄。我能为**你**写个小故事吗?从前有一个伟大的音乐评论家,是莫扎特音乐的杰出权威。他的小女儿上的是P.S.9[23],在学校里参加了合唱队。有一天小姑娘回到家,跟另一个孩子一起排练一堆杂七杂八的歌,作者是欧文·柏林,哈罗德·阿莱,杰瑞米·凯恩,诸如此类的那些人。为什么要让孩子们唱这些"垃圾歌"呢,为什么不让他们唱唱舒伯特的简单的抒情曲呢?于是他去找学校校长,掀起了一场轩然大波。对这样一位著名人士的宏论,校长很当回事,他答应要给音乐赏析课的老师,一位上了年纪的老太太,洗洗脑子。这位伟大的音乐爱好者离开办公室的时候很是兴高采烈。回家的路上,他又回顾了一遍在校长办公室所作的那番精彩发言,他越发感觉欢欣鼓舞。他心潮澎湃。他加快了脚步。他开始吹口哨。他吹的是一支小曲:《凯—凯—凯—凯蒂》。

言归正传,备忘录。带着骄傲与坚忍向您呈上。骄傲,是因为——好吧,这个我就不说了。坚忍,是因为我的同事同志们可能正竖着耳朵——个个都是办公室里的恶作剧老手——我有种感觉,这份附加的东西迟早会被冠以这样一个大名:"一份十九年前的处方,为迷路且无法继续前行的作家兼兄弟兼肝炎康复者所开。"(啊,好吧。也只有一个恶作剧老手才认得那样一个人。此外,奇怪得很,我这会儿颇有点蠢蠢欲动的感觉。)

首先,我想这是西摩关于我所有的文学尝试作过的最详细的一篇评论——而且,可以说这可能是他这辈子向我作过的最长的一份非口头公报。(我们很少通信,即便战争期间也不例外。)这份评论是用铅笔写的,写在几张便笺上,是我们的母亲几年前在芝加哥的比斯马克旅馆里顺手牵羊回来的。他的反馈是针对我到那时为止最雄心勃勃的一篇**东西**。那一年是1940年,我们俩都还住在我们父母那套位于东大街七十几号的挤得满满的公寓里。我当时二十一岁,了无牵挂,也只有一个年轻的、从未发表过任何东西的、脸色发绿的作家才可能无牵无挂到我那样的程度。西摩自己二十三岁,刚开始他在纽约一所大学教英语的第五个年头。全文如下。(对于带着区别目光看待世界的读者,我能想象他们会感觉到的一些尴尬,但是我想,最糟糕的部分也就是抬头的称呼。我寻思着既然这个称呼没让**我**感到什么特别的尴尬,我倒也想不出它有什么理由让其他任何活着的灵魂感到尴尬。)

亲爱的睡老虎伙计:

我不知道像我这样的读者多不多:我在翻看一份手稿,而它的作者就在同一个房间里打着呼噜。这份稿子我想自己读一遍。你这次朗读时候的声音几乎有点叫人受不了。我觉得你的字里行间正成为你笔下人物所能坚守的全部战线。我想告诉你的话太多了,以至于不知从何说起。

今天下午我写了一封我自认为是完整的信给英文系的头,大伙儿的头,这信念起来感觉很像你写的。这让我非常开心,我觉得我应该告诉你,这是一封优美的信。这信的感觉就像去年春天的那个星期六下午,我跟卡尔、艾米还有他们给我介绍的那个奇怪的女孩一起去看《魔笛》,我戴了你那条绿色的万人迷。我没告诉你我戴了你的领带这件事。[**他说的是我之前买的四条很贵的领带。我严令禁止我所有的兄弟——尤其是西摩,他最容易下手——靠近我放这四条领带的抽屉。我把它们都用玻璃纸包起来,这样做只有一半是出于开玩笑。**]我戴着它的时候一点儿也不感到惭愧,倒是担心得要命,就怕你突然走上舞台,看到我坐在黑暗中戴着你的领带。我有一个想法,如果事情倒一倒,假设你写了一封信感觉像是我写的,你是会感到不安的。我基本上可以做到不放在心上。除了世界本身,这个世上让我每天都感到难过的事情已经所剩不多,其中之一就是我意识到如果波波或者沃特告诉你你的口气像我,你就会不开心。你多多少少把这当成一种版权被侵犯的控诉,是对你的自我的当头掌掴。我们有时候口气彼此相像,这真的就那么糟糕吗?你我之间隔着的那层细胞膜实在太薄了。随时留意哪些是属于哪一个的,这对于我们俩来说真的那么重要吗?两年前,我在外漂泊了很久的那一次,我的收获就是证实了你、Z.[24],还有我,我们三个做兄弟已经不少于四世,可能四世都不止。这难道不美吗?对我们而言,只有在承认我们之间千丝万缕的关联,承认我们不可避免地会互相借用彼此的笑话、天赋、蠢话的时候,我们的自我才开始形成,难道不是吗?注意我没把借用领带包括进去。我认为巴蒂的领带就是巴蒂的领带,但是不经允许就借来戴是一大乐趣。

我脑子里除了你的故事还想着领带之类的东西,你肯定心里不是滋味吧。我没有想着别的东西。我只是在四下搜罗我的思绪。我想这件琐事也许能帮我安安神。自你睡下后我一直坐在这里,这会儿天色已经显出鱼肚白。做你的第一个读者真是天赐之福。要不是我觉得你把我的想法看得比你自己的更重,那么这福分就真是圆满了。你太在意我对你的故事怎么看了,我真的觉得这样不对劲。我是说,你。之所以会这样一定是我做错了什么,对此我坚信不疑,你可以换个时候再把我驳倒。倒不是说我这会儿有多么罪过深重的感觉,但罪过就是罪过。

罪过不会自己拔脚走人。罪过不可能被斩草除根。罪过甚至不可能被完全理解,我肯定——这份罪过深深扎根在个体日积月累的羯磨之中。我感觉罪过的时候,唯一的安慰就是罪过也是知识的一种不完美的形式。某种知识不完美不代表这种知识就不能被利用。难就难在要在它反过来让你浑身瘫痪之前就让它派上实际的用途。所以我要用最快的速度把我对你的故事的看法写下来。我有种强烈的感觉,如果我抓紧的话,我的罪过就能在这里派上最好、最真的用途。我真是这样想的。我觉得若拿出冲刺的速度,我也许能够向你说出可能是我这么多年来一直想对你说的话。

你肯定自己也知道,这个故事充满了跳跃。鱼跃。你刚上床睡觉的时候,我一度在想我应该把家里所有人都叫醒,然后为我们神奇的跳高兄弟开个晚会。我是个什么东西,竟然没有把所有的人都叫醒?但愿我知道。至多也就是个忧心忡忡的人。那些我的眼睛能够测量的大跳跃让我担心。我觉得我梦见你竟敢一下子就跳出了我的视线。请原谅。我这会儿正写得飞快。我觉得这个故事正是你盼望良久的。在我,也是一样,某种程度上来说。你知道,让我到现在还没睡的主要是**骄傲**。我想那就是我的第一大担心。别让我为你骄傲,这是为你自己好。我想这就是我要说的话。但愿你再也不会让我因为骄傲而彻夜不眠了。给我一个故事,一个只会让我没来由地全神贯注的故事。**让我坐到凌晨五点,但只是因为你已全神贯注,再没有别的原因**。请原谅我着重强调这句话,但我是第一次说这样的话,在你所有让我看了连连点头的故事中,只有关于这一个我说了这样的话。请别再让我说任何别的话了。我觉得,在你请求一位作者全神贯注之后,今晚无论再对他说什么,都只会是文学性的建议了。我肯定今晚所有"好的"文学性建议充其量只是路易斯·布耶和麦克西姆·杜坎普[25]对福楼拜的包法利夫人的祝福。这两人品位一流,福楼拜的杰作全靠了这对左膀右臂才大功告成,就算是这样吧。可他们同时也剥夺了作者用心写作的机会。福楼拜死时俨然一位大名人,而他实在不是一个名人。他的那些信让人抓狂,他实在不应该写得这么好,读他信的感觉就是浪费、浪费、浪费。他的信让我心碎。今晚我不敢对你说话,亲爱的巴蒂,除了一堆老调重弹。请你跟着你的心走,无论是输是赢。我们在登记处的时候你跟我生了那么大的气。[一个星期前,我和他,还有几百万美国青年跑去最近的中学登记入伍。他看着我的登记表格在笑,被我发现了。回家的一路上,他就是不肯告诉我表格上写了什么东西让他觉得那么好笑。什么时候他若感觉到有什么好兆头,他就会三缄其口,绝不妥协,这一点我们家的人全都能做证]你知道我在笑什么吗?你在职业那一栏填了**作家**。在我感觉,这像是我听到过的最可爱的委婉语。写作什么时候成了你的职业了?写作一直都是你的宗教。一直都是。我这会儿有点儿亢奋了。既然写作就是你的宗教,你知道你死的时候,放在你面前的会是一个什么样的问题吗?不过还是让我先告诉你,哪些是不会放在你面前的问题。你死的时候,不会有人问你,你是否在写什么了不起的、感人的东西。不会有人问你,你写的东西是长是短,是催人泪下还是叫人捧腹,发表了还是没发表。不会有人问你,你写这东西的时候状态是好是差。甚至不会有人问你,如果你知道大作完成之时也是自己的大限降临之际,那你还会不会想写这篇东西。——我想这个问题只有可怜的舍仁·K.[26]会被问到。你会被问到的问题只有两个,对此我确信无疑。**你写时全神贯注了吗? 你写到呕心沥血了吗?** 对你而言,对这两个问题说"是"都是再容易不过的事情,但愿你能知道。但愿你再次提笔之前,会记得远在你成为一个作家之前,你一直都是一个**读者**。你要做的很简单,把这个事实记在脑袋里,然后一动不动地坐着问你自己,作为一个读者,如果巴蒂可以按照自己心灵的意愿做选择,那么在这个世界上他最想读的东西是什么。接下来要走的一步很可怕,但是太简单了,以至于我一边写一边自己都觉得难以置信。你就坐下来,然后就没完没了地把你自己想读的东西写出来。我甚至都没加着重号。太重要了,不能加着重号。哦,巴蒂,冲啊! 相信你的心。你是个有本事的手艺人。你的心永远不会背叛你。晚安。我现在太亢奋了，有一丁点儿夸张的感觉，但是我想我愿意不计这世上任何的代价，只要能看到你真的真的跟着你的心写作，写什么都行，一个故事，一首诗，一棵树。塔利亚剧院在演《银行妙探》。明晚我们一起去看个够吧。爱你，S.[27]。

巴蒂·格拉斯又回来了。（当然，巴蒂·格拉斯只是我的笔名。我的**真名**是虎头蛇尾将军乔治·菲尔丁。）我自己也有亢奋和一丁点儿夸张的感觉，此时此刻我每一下偾张的脉搏都是献给读者的星光闪烁的文学承诺，明晚我们再相会时不会让你们失望。可是如果我聪明的话，我想，我就该去刷牙，然后一骨碌爬上床。要是说我大哥的长篇备忘录读起来很累，那么我忍不住要加一句，像我这样为了朋友把它输进打字机更是一桩让人精疲力竭的事情。他献给我一片苍穹，作为祝我肝炎早日康复早日勇猛如初的礼物，此刻我正把他的这份礼物围在我的膝盖上。

话说回来，我若是告诉读者明天晚上起我打算干什么会不会太鲁莽了？十多年来，我一直梦想着有人会向我提这样一个问题:"你大哥长什么样?"而且不会特意说明希望我给出简单、**干脆**的回答,就像回答非常直接的问题那样。简而言之,如我的上级权威所言,在这个世界上,我本人最想捧在怀里的一篇东西,"什么都行"的东西,就是一篇关于西摩的白描,它的作者并没有心急火燎地要把胸中关于西摩的一切都倒出来——这个作者,容我厚颜无耻一回,就是我自己。

理发店里他的头发欢蹦乱跳。此刻是明天晚上,我正襟危坐,不用说,穿着我的燕尾服。**理发店里他的头发欢蹦乱跳**。上帝耶稣,这就是我的开场白吗?慢慢地,慢慢地,这个房间里是不是就要堆满玉米松饼和苹果派了?有可能。我不愿意相信,但是有可能。如果我硬要咬文嚼字,那么我会又一次没等动笔就先停手了。这个人,我既弄不清状况,也没法和他共事。我希望**多多少少**总能写出一点还算理智的东西,但是别让我他妈的每个句子都审查一遍,一辈子就这一次,要不然我又该完结了。理发店里他欢蹦乱跳的头发,这绝对是最先钻进我脑子的画面。我们一般每做两次广播节目理一次发,或者是两个星期一次,一放学就去。理发店在一〇八大街和百老汇那里,碧绿青翠地(打住,打住)夹在一家中国饭店和犹太熟食店之间。要是我们俩忘了吃中饭,或者更多情况下是不知把中饭丢在哪儿了,有时候我们就会买大约一角五分钱的切成块的意大利香肠,再加一些小茴香泡菜,然后就坐在理发椅上吃,至少吃到头发开始往下掉为止。两个理发师分别叫马里奥和维克多。可能去世了,因为这么多年吃了太多大蒜,纽约的理发师最终都会走上这条不归路。(得了,**住嘴吧**。求你想办法把这些胡话消灭在萌芽状态。)我们的椅子是连着的,每次马里奥给我剃完头,想揭下剃头布甩干净,我的剃头布上的头发多数总是西摩的,而不是我自己的,从来如此。这一辈子,无论以前还是之后,很少有比这更让我恼火的事了。就有那么一次,我对此提出抗议,结果后悔莫及。我的声音像老鼠叫一样,很有特色,我说他的"该死的头发"总是往我身上跳,弄得到处都是。话音刚落我就后悔了,但是话已经说出了口。西摩什么也没说,但是他立即开始为此**忧心忡忡**。我们往家走的路上情况更糟了,过马路的时候一声不吭;他显然是在苦思冥想,在理发店里怎么样才能不让自己的头发往弟弟身上跳。从百老汇到我们家那幢楼之间最后隔了一大片住宅区，一一〇号，连着里弗塞德街，经过那里的时候是最糟糕的。我们家没有谁能像西摩那样如此忧心忡忡地走完这一段路，前提是西摩有正经事要考虑。

今晚写这些够了。我已精疲力竭。

就还有一件事。我到底想从一篇关于西摩的白描里**获得**（黑体都是我故意用的）什么？再者，我想让这篇东西**做**什么？我想让它找到一份杂志，是的；我想让它发表。但又不是这么回事——我**一直**都想发表东西。更主要的是我想**如何**把它投递给某个杂志。事实上，这就是全部的关键所在。我想我知道是怎么回事。我非常清楚我知道是怎么回事。我要它到达目的地，但是既不用邮票也不用马尼拉纸信封。如果这是一篇真实的白描，我应该可以就给它买一张火车票的钱，然后要么再为它准备一个三明治，以及一点热乎的东西，装在保温瓶里，就这些。车厢里其他的乘客必须坐得离它稍微远一点儿，仿佛它有点儿激动。哦，绝妙的想法！**让他从白描中走出来，有点儿激动**。但是哪种类型的激动呢？这种激动，我想，就像你爱的某个人正沿着门廊走来，咧着嘴笑啊，笑啊,刚打完三场网球,**无往不胜**的网球,他走过来问你,看见他最后打的那个球了没有。看见了。**谁**。

•

又一个晚上。记住,写出来的东西是给人读的。告诉读者你人在哪里。态度要友好——**不怕一万只怕万一**。那是当然啦。我在贮藏室里,刚摇铃要了一瓶葡萄酒,老家丁随时会端上来,这位老家丁乃一硕鼠,聪颖过人,皮毛油光锃亮,除了试卷,家里什么东西他都吃。

我要再回到S.的头发,既然头发两字已经跃然纸上。大约从十九岁起,他开始大把大把掉头发,这之前他有一头钢丝般的黑发。几乎可以用拳曲来形容他的头发,但还不完全是;如果真是拳曲的话,我想我不会犹豫不决的。他的头发看着让人特别想上去拉一把,也的确没少被人拉;家里的小孩总是不由自主地伸手去扯他的头发,甚至揪到自己鼻子前来闻一闻,天晓得,闻起来也属一流。不过还是说完一桩再说另一桩吧。西摩毛发很重,无论是成年、青年,还是少年期。家里其他的孩子,尤其是男孩们,我们家里似乎总有一堆青春期之前的男孩,他们个个都对西摩的手腕和两只手十分着迷。我弟弟沃特,大约十一岁的时候,每天的例行公事就是瞅瞅西摩的手腕,然后央求他脱掉汗衫。"把汗衫脱了吧,嗨,西摩。快脱吧,嗨。这里很**暖和**。"S.会冲着他乐,一脸的阳光灿烂。随便哪个孩子这样跟他闹着玩他都喜欢。我也喜欢,但只限于某些时候。西摩却是无一例外地喜欢。家里的小孩无论说什么针对他的话,无论这些话多么不经大脑、口无遮拦,他照例兴致勃勃、愈发神采飞扬。说真的,1959年的今天,每当我听说我的小弟和小妹又做了什么叫人气不打一处来的事,我总会想想如果是S.,他能从中获取多少快乐。我记得弗兰妮大约四岁的时候,有一次坐在西摩大腿上,面朝着他,极其崇拜地说:"西摩,你的牙齿真棒、真**黄**呀!"西摩一路跌跌撞撞地走到我跟前,问我有没有听到她说的那句话。

上一段有一句话让我提笔不前。为什么对于孩子们的闹着玩,我只是有时候才喜欢?这毫无疑问是因为针对我的玩笑有时候相当不怀好意。倒不是说我罪有应得的可能性很小。我的问题是,读者对于人口众多的大家庭了解多少呢?更重要的是,听我讲这个话题,他能有多少忍耐力呢？可至少以下这些话是非说不可的：如果你是某个大家庭里的长兄（尤其是兄弟姐妹间年龄相差不下十八岁的，就像西摩和弗兰妮），你几乎不可能不成为一个指导员式的人物，这一师长或者导师的角色要么是你自己给自己派的，要么就是不经意间别人派给你的。但即便是指导员，也是高矮胖瘦，什么样的货色都有。举个例子，如果西摩让两个双胞胎里的一个进屋的时候把套鞋脱掉，也可能是叫祖伊或者弗兰妮，甚至是波波女士（她只比我小两岁，常常一副淑女模样），他们中的每一个都知道他的意思主要是如果他们不脱鞋的话，地板上会留下脚印，那么贝茜就又得拿拖把出来了。如果是**我**叫他们脱掉套鞋，他们知道我的意思主要是谁不脱鞋谁就是混账。于是乎，他们对我们俩分别开玩笑或恶作剧的时候，其方式方法的差别不可同日而语也就顺理成章了。一段忏悔，听得我喉咙发痒，忏悔的声音中不可避免地流露出诚实与谄媚，让人疑窦丛生。对此我如何是好？难不成每次我的声音里出现老实巴交的腔调我就得停下全部的写作工作？我若非肯定自己在这座房子里不是一般的招人厌，我才不会这么贬低自己呢——像这样强调我自己的领导能力有多差——难道我就不能指望读者对此心领神会吗？再跟你说一遍我的年纪不知道有没有用？写这篇东西的我是一个头发灰白、臀部下垂、小腹隆起的四十岁男子，而且基本上不会再把银推柄往地上摔了，哪怕我没能入选篮球队或者因为敬礼的姿势不够漂亮而没能上军官预备学校。再说了，从古至今，可能没有哪段忏悔的文字闻不出一点儿骄傲的味道，因抛弃骄傲而骄傲。听一个公开忏悔的人说话，关键要听哪些是他所**没有**忏悔的，无一例外。在人生的某个时期（不幸的是，往往是**成功**期），有人也许会突然觉得自己强大到可以坦白他曾经在大学期末考试的时候作过弊，他甚至可能还会透露二十二到二十四岁之间曾一度阳痿，但是光凭这些英勇的忏悔，我们无从探知此人是否某次被自己养的小仓鼠惹恼了，便一脚把它的脑袋踩烂。很抱歉我这样说个没完，但是在我看来我此刻的担忧天经地义。我文章的主人公，以我自己的标准来看，是我所认识的一位真正高大的人；我认识一些像他一样确实称得上大气的人，我或多或少总会怀疑这些人是不是偷偷藏了一箱子见不得人的、无聊的虚荣，而他是其中唯一一个我**一刻**也未怀疑过的人。我是不是偶尔想在本书里把他比下去？这个想法真是可怕——简直是邪恶——我却没法不这样担心。也许您会原谅我说这样的话，但并非所有的读者都会读书。（西摩二十一岁的时候，差不多是英语正牌教授了，而且已经教了两年书，我问他，教书有什么是让他受不了的。他说他觉得教书没有什么真会让他**受不了**的事，但是他觉得，有一件事让他感到害怕：在大学图书馆里读到用铅笔写在页边上的读书笔记。）我就快说完了。并非所有的读者都会读书，我重申一遍，而且有人告诉我——评论家跟我们**无话不说**，且都是丑话说在前头——作为一个作家我有很多花边魅力。我真害怕会有这样一类读者，他们也许认为光是我活到四十岁这一点就很不容易；也就是说，我不像本书里的另一个人，我没有"自私"到选择自杀，留下我亲爱的家人们伤心欲绝。（我说过我就快说完了，不过我究竟还是说不完。并非因为我不够男子汉，而是因为要把这些话说完，我就不得不触及——我的上帝，**触及**——他自杀的种种细节，以我现在前进的节奏，我觉得就是再过几年对此我也未必能准备充分。）

不过，在我上床前我还要再告诉你一件事，对我来说关系重大的一件事。读者诸君若能尽自己所能不把我的话认作典型的马后炮,我将不胜感激。以四十之龄从事目前的写作,于我是一把可怕的双刃刀,这背后的原因颇可深究。西摩死时三十一岁。即便**这个**年龄怎么算也算不上高龄,然而以我的挡速,等我写到三十一岁的西摩还得过好几个月,也可能好几年。眼下,呈现在你面前的西摩几乎都是清一色的男孩西摩、少年西摩(上帝保佑,但愿永远不会是**男生**西摩)。若我跟他一起出现在文中,那也将是男孩或者少年的我。但是,操纵这场演出的是一个大腹便便的中年男子,这一点我始终都很清楚,而且我相信,读者也有同样的意识,即便会少一些偏执。我觉得,这一想法跟大多数生和死的真相比起来,让人忧伤的程度即便不会更深,到底也不会更浅。到目前为止,你只是听到我的一面之词,但是我必须告诉你,如果我和西摩的位置倒一倒,如果这会儿坐在我的座位上的人是西摩,对于自己身为叙述者、身为发号施令的那个人而拥有的十足的优越性,他一定会深感不安——事实上,他会一蹶不振——以至于会放弃整个写作计划,对此我坚信不疑。当然,我不会再喋喋不休下去,不过我很高兴这话还是说了出来。这是事实。请不要只用你的眼睛；要用你的心。

我到底还是没睡觉。有人已将睡眠谋杀。干得不坏。

一个尖厉的、很不客气的声音（不是**我的**读者中的任何一位）：你自己说的你要跟我们讲讲你哥长什么样。我们不要这些该死的分析，这些糨糊玩意儿。

但是我要。这些糨糊玩意儿，一点一滴，我全要。我可以少来一点**分析**，没问题，但是这些糨糊玩意儿我全都要。我若祈祷不再离题，那么就只能靠这些糨糊玩意儿。

我觉得我可以描述他的脸、他的身形、他的举手投足——他的一切的一切——无论他处于生命中的哪个时期（他在国外那几年除外），八九不离十吧。请不要含糊其词。我是说惟妙惟肖。（我们家有几位成员，西摩，祖伊，还有我自己，我们记忆超群，拥有回忆的超能力，关于这一点我在文章哪一部分告诉读者才比较合适呢？如果我要继续描写西摩，那就非提一笔不可，不能无休止地拖下去，可是这些话印成铅字该多难看呀？）如果哪个好人能给我发一封电报，详细说明他希望我描写的是哪一个西摩，那可真是帮了我一个大忙。如果仅仅是让我描写**西摩**,随便哪一个西摩,我眼前一样会浮现一幅生动的画面,只是这幅画面中的西摩同时是八岁、十八岁,还有二十八岁,顶着一脑袋的头发,同时秃得厉害,穿一条夏令营队员的红条子沙滩裤,上身一件皱巴巴的土黄色军装,戴着下等中士的军阶横杠,盘腿成莲花式,坐在R.K.O.大街86号的阳台上。我觉得一旦下笔,就有描绘出这一类画面的危险,我不想这样。一方面,我想这会让西摩不安。若你笔下的人物就是你**至亲的导师**,就会比较麻烦。不过他不至于过分不安,我想,前提是我充分依靠本能,然后选择某种文学立体主义来呈现他的脸。就此而言,如果我下文全部采用小写字母,他也根本不会在意——**只要我的本能如是说**。我不介意在这里来一点儿立体主义,但是我所有的本能都在告诉我要维持下层中产阶级的立场,与立体主义斗争到底。要不我还是先枕着立体主义睡一觉再说吧。晚安。晚安,葫芦夫人[28]。晚安,该死的描写。

●

今天早上,在课堂上(恐怕是我盯着福德玛尔小姐那条紧得不能再紧的紧身裤的时候),我做了一个决定:既然我自己一时半会儿不知从何说起,那么真正谦恭有礼的做法莫过于让我的双亲之一先来说几句。还有什么比从母亲大人开始更合适的呢?不过,这样做会冒极大的风险。有些人就算不会真的因为感情用事而信口开河,他们天生可怖的记忆也几乎肯定会导致同样的结果。就拿贝茜来说吧,对她而言,关于西摩的主要话题之一就是他的大高个。在她眼里,西摩活像得克萨斯来的小伙子,四肢不是一般的修长,进屋的时候永远低着脑袋。事实上,西摩身高五英尺十点五英寸——以现代的多种维他命摄入标准来看,属于高个中的矮个。他自己觉得正合适。他对身高从来没什么热情。我家双胞胎长到超过六英尺的时候,我一度怀疑西摩是不是会给他们寄两张慰问卡片。我觉得如果他今天还活着的话,看到做演员的祖伊个子那么小,一定会乐不可支的。他,S.,坚信真正的演员身体重心应该是很低的。

不该说"乐不可支"的。我已经没法不让他笑了。如果哪个古道热肠的作家能代我写这一段我会非常高兴。我从事写作最初所发的誓言之一就是控制笔下人物的微笑和咧嘴。杰奎琳咧嘴一笑。又胖又懒的布鲁斯·布朗宁怪笑一声。米特格森船长调皮地一笑，一张老脸瞬间亮了起来。但是眼下我无路可退。先把最糟糕的说完：我觉得以西摩那一口介于马马虎虎和不怎么样之间的牙齿而言，他的微笑算是非常、非常不错的。写起来丝毫不费力的不外乎微笑的机械构成。一屋子的人要么面无表情，要么闷闷不乐，这种时候，西摩的微笑常常会忽隐忽现。即便在自己家里，他的微笑分布器也并不标准。小孩过生日，吹灭蛋糕上的蜡烛时，他脸上的表情会很严肃，甚至是肃穆。可要是哪个小孩在木筏下面游泳剐伤了肩膀，给他看自己的伤口，他倒会显得兴致勃勃。从技术层面来说，我认为西摩不会任何社交微笑，然而要说他的脸上从来不缺少真正恰如其分的表情，这话似乎也没错（也许稍微有**一点儿夸张**）。举个例子，他那个面向剐伤肩膀的笑容常叫人气不打一处来，如果被剐伤的是**你的**肩膀的话，但是这样的笑容也的确能起到转移注意力的作用。他在生日派对、惊喜派对上的严肃也不会扫大家的兴——或者说一点也不比他应邀出席第一次圣餐仪式或者犹太男孩成人仪式时的傻笑更让人扫兴。而且我觉得这不是弟弟偏袒哥哥而说的话。那些根本不认识他的人，或者对他略知一二的人，只知道他是那个儿童广播明星，或者已经过气的广播童星，即便是这些人，他们有时候确实会因为西摩脸上出现某个特定的表情——或者缺少某个特定的表情——而感到**不安**，但也只是一瞬间的事情而已，我觉得。而且在这种场合，受害者们往往会有某种愉快的类似好奇的感觉——从来没有人真会心生厌恶或是怒不可遏，反正我不记得有过。原因之一——当然是最简单的一个原因——他的每一个表情都是真诚的。长大成人之后（说这话的是他的亲弟弟），我觉得他的那张脸是整个大纽约区最后一张绝对不设防的脸。要说他脸上也会露出不真诚的、造作的表情，我唯一能记起来的就是当他在家里刻意迎合某些亲戚的时候。然而这也不是天天都发生的事。总体上我想说，西摩的幽默带着一种节制，这是我们家所有其余成员都做不到的。需要强调的是，这并不意味着一家老小只有他不拿幽默当主食，而是说，他一般只得到，或者说只给自己拿量最小的那一份。如果父亲不在跟前的话，成为"家庭笑柄"的那一个几乎总是西摩，而他通常会很优雅地把玩笑收起来。我想下面这个例子应该完全可以说明我的意思,每次我向他大声朗读我的新故事,他总有一个雷打不动的习惯,就是在我某句对话读了一半的时候把我打断,然后问我知不知道我对"口语的节奏和抑扬顿挫"把握得特别准。他对我说这番话的时候显出一副智者的样子,这会让他自己很开心。

接下来我要说的是耳朵。事实上,关于那对耳朵我有一部小电影———一部单盘影片,画面上滚动着条纹,我的妹妹波波,大概十一岁,只见她一时调皮兴起,噔噔噔从饭桌边上跑开,一分钟后又冲进房间,拿着从活页本上拆下来的一对圆环,就往西摩的耳朵上挂。她对自己的杰作非常满意,西摩整个傍晚都戴着这对圆环。一直戴到耳朵扯破流血也不是不可能。但这对耳环并不适合西摩。他的耳朵恐怕不是海盗型的,而是某个古代玄学家或者佛陀的耳朵。耳垂极长极厚。我记得维克神父几年前身裹黑衫经过这里,我当时正在做《纽约时报》上的填字游戏,他问我,有没有觉得S.的耳朵是唐朝的耳朵。至于我自己,我会说比唐朝还更早些。

我要上床了。也许跟安斯图瑟上校在图书馆里先来一杯，然后再上床。为什么我如此精疲力竭？手在出汗，肚子里翻江倒海。那个身心完备的人不在家。

我禁不住想把他脸上其余的部分都跳过算了，眼睛除外，也许还有鼻子（注意是**也许**），让有始有终见鬼去吧。背一个不给读者留下想象空间的罪名，这个我可受不了。

●

他的眼睛跟我的、莱斯的，还有波波的眼睛比较像，像在哪里两三句话就可以说完。(a)这一拨人的眼睛颜色跟墨黑的牛尾巴一样，或者也可以说是忧伤的犹太褐色，如此形容都有些扭捏作态。(b)我们也都有黑眼圈，而且，其中有几个人干脆就是眼袋。家族可比性到此为止。若要投票选举家里最"棒"的两双眼睛，我的两票会投给西摩和祖伊，虽然这样做似乎对族群中的女性有点大不敬。可这两双眼睛彼此又是如此的天差地别，颜色的不同只是最小的区别。几年前，我发表过一篇短篇小说，让人极度心神不宁，铁定过目难忘，且颇多负面争议，实乃彻底的失败之作，故事讲一个"天赋异禀"的小男孩，在一艘横渡大西洋的班轮上，其中某处有一段对这个男孩的眼睛作了细致入微的描述。凑巧得很,我这会儿手头刚好有一份这个故事的拷贝,用大头针优雅地别在我一件浴袍的翻领上。引用如下:"他的眼睛是浅棕色的,一点儿不算大,还稍稍有点儿斜视——左边那只比右边更厉害些,但是并没有斜到畸形的程度,不会让人第一眼就必然注意到。那双眼睛仅仅斜到会让人提上一句的程度,而且也只是在以下的情形:那人已经认真地考虑了好一阵子,然后才心想,但愿这双眼睛能长得更直一些,或者更凹一些,眼睛的棕色能更深一些,或者双眼分得更开一些。"(也许我们最好停一下,**歇口气**。)其实(真的没有哗众取宠的意思),这根本不是西摩的眼睛。西摩的眼睛是黑色的,非常大,间隔距离绰绰有余,而且,丝毫没有斜视的迹象。然而我家至少有两位成员知道我的这段描写是奔着西摩的眼睛去的,他们就是这么跟我说的,他们甚至觉得,从某个**特殊的**角度来看,我干得不算太坏。在现实生活中,西摩的眼睛里有一层时隐时现、超薄如蛛丝般的色调——只是它又不是什么色调,我的问题恰恰就出在**这里**。另一位作家——叔本华——跟我一样喜欢找乐子,他写的东西真叫绝了,其中某处描写一双类似的眼睛,而且也搞得一团糟,跟我有得一比,真让我开心。

行了。该鼻子了。我跟自己说再坚持一分钟就好了。

假设你于1919年到1948年之间的某天走进一个挤满了人的房间,我跟西摩也在其中,要判断我和他是兄弟可能只有一个办法,不过这个办法就算傻瓜也能照试不误。那就是看我们的鼻子和下巴。下巴嘛,我当然可以一笔带过,既然我们几乎根本没长下巴。然而,鼻子我们绝对是长了,且几近一模一样:两个硕大无朋、肉乎乎、扁塌塌,像**水风筒**一样的玩意儿,跟家里所有人的鼻子都不一样,除了一个例外,就是亲爱的老曾祖父"揍揍",他的那个鼻子在一张早年用达盖尔银版法拍的照片上鼓得像个气球,小时候常把我看得目瞪口呆。(现在想起来,西摩有一次说他怀疑我们的鼻子——他自己、我,还有曾祖父的鼻子——是不是像某些胡子那样让主人睡觉时陷入两难的境地,意思是说我们睡觉的时候到底该把鼻子放在被子里面还是外面。西摩这话让我很吃惊,怎么说呢,有关解剖学的玩笑他可是从来没开过的。)然而这样说也有风险,可能听了让人感觉太**不着调**。我想澄清一点——哪怕会得罪人——我们的鼻子绝不是浪漫的塞瑞诺[29]式的隆起物。(在这样一个言必心理分析的美丽新世界里,我觉得无论如何鼻子都是一个危险的话题,至于塞瑞诺的鼻子和他的俏皮话到底哪个因哪个果,这个世界几乎所有的人都一清二楚,对于那些长了大鼻子却无疑舌头会打结的家伙们,全世界人民都会临床性地捂住自己的嘴。)我觉得我们俩的鼻子就宽度、长度、线条而言,值得一提的不同之处只有一个,就是西摩的鼻梁明显有点儿弯,我有义务说明一下,是朝右边斜了一点儿。西摩常常怀疑这么一来,我的鼻子相比之下就成贵族了。这个"弯度"是有一次某个家庭成员拿着网球拍白日做梦般大展手脚的时候造成的,地点是我们位于河滨大道那栋老公寓的大厅里。那次不幸的事故之后,他的鼻子再没有复位。

万岁。鼻子说完了。我要上床了。

●

我还不敢回过头去看看我到目前为止所写的东西;时钟走向半夜十二点的时候,心中会涌起古老的职业恐惧：生怕自己变成一根用过的皇家牌打字机色带，今晚这种恐惧**非常**强烈。不过，我很清楚我不是在画一幅风流小生的肖像画。这合情合理，求神保佑。我他妈的是不能胜任描写他的这份差事的，加之意气用事，但谁也不该由此得出结论说S.是一个有魅力的"丑男"，套用一个老掉牙的术语。(这个术语非常可疑，**随处**可见，用得最多的是某些女同胞，无论现实生活中的还是虚构的，她们用这个词组来解释自己为什么单单要被那些甜言蜜语、声嘶力竭的恶魔男人所吸引，或者是被家教很差的凤凰男所吸引，后者没那么典型。)我们是两个再明显不过的"相貌平平"的孩子，程度略有出入而已，这一点我必须说清楚，即便我不得不反复强调——我知道我其实已经反复强调过了。我的上帝，我们那真叫一个相貌平平。也许可以这么说，随着年龄的增长，随着我们的脸蛋"逐渐长开"，我们的相貌"变好看了不少"，尽管如此，我认为我必须声明再声明：很多真正心思缜密的人看到男孩、少年，以及青少年时期的我们，第一眼毫无疑问都会心头一凛。我说的当然是大人，不是其他的孩子。大多数孩子没那么容易心头犯凛——反正不是那么个凛法。

另一方面,大多数孩子的心胸也都谈不上宽广。小孩们聚到一起的时候,往往其中某一个的母亲巴不得大伙儿知道她有多么心胸开阔,她会建议我们玩"转瓶子"或者"邮局"的游戏[30],整个童年时代,格拉斯家的老大和老二收到过一袋又一袋没寄出去的信(这话有点不合逻辑,但甚合我的心意),当然,除非扮演邮递员的是那个名叫小泼妇夏洛蒂的小姑娘,她本来就有点儿疯疯癫癫的。我们为此烦恼过吗?我们为此感到过痛苦吗?**想仔细点儿,拜托了,作家同志。**以下是我经过一番深思熟虑后的回答:几乎从来没有过。就我自己来说,信手拈来就有三个理由。首先,整个童年时代,除了动摇过那么一两次之外,我从头至尾都相信——很大程度上感谢西摩的坚持,但绝不全是他的功劳——我就是一个魅力四射、才华横溢、称得上鹤立鸡群的家伙,若有人对此持反对意见,那全不在话下,只足见此人之品位罢了。其次(如果你还能再忍受的话,我不知道你怎么受得了),五岁之前,我有一个花好月圆般的信念:长大后我一定会成为一个顶级作家。再次,除了极少一些例外的情况,我一直偷偷以自己哪个部位长得像西摩为荣,内心深处从来如此。至于西摩,情况照例有所不同。他对于自己的滑稽长相,有时候很在意,有时候又全不当回事。他之所以会在意是考虑到其他人的感受,这会儿我尤其想到的是我们的妹妹波波。西摩宠她宠得不行。这也说明不了什么问题,因为他对家里每个人都宠得不行,对大多数的外人也宠得不行。但是,波波跟我所认识的所有年轻女孩一样,经历过这样一个阶段——必须加一句,波波的这个阶段没有持续太久,相当不容易——每天她都会因为大人们的**失言**、**失态**而"气死"过去至少两次。在这一阶段的高峰期,如果一位她最喜欢的历史老师中饭后走进教室,脸颊上粘着一小粒奶油布丁渣,便足以让波波在课桌后枯萎夭折。然而,她也经常因为某些没这么琐碎的原因而像个活死人般回到家里,这种时候西摩就会担心。在一些聚会之类的场合,若有大人走到我们跟前(我和西摩跟前),然后告诉我们今晚你们俩看上去多帅呀,这时候他就会尤其替波波担心。就算不完全是那样的情景,反正**类似**的事没少发生,而且每次波波好像都近在咫尺,眼睁睁地等死。

我有可能太过执迷于他的脸这一主题,他**实实在在**

的那张脸,对于这种可能性也许我本该给予更多的关注。我的描写方法缺乏某种全面的完美性,这一点我毫不讳言。也许整个描写都过头了。先不说别的,我注意到他脸上几乎每个器官我都做了讨论,可是却仍然还没怎么触及这张脸本身的**生命力**。这个想法本身——出乎我的意料——足以让我沮丧得无所适从。然而即便我有了这个想法,即便我被它拖下了水,有一个信念始终保持不变,这是我从一开始便产生的信念——它仍然鲜活如初。其实也不能说是"信念"。更像是作为惩罚而颁给最贪吃的人的一份大奖,或者一张意志力证明书。我觉得我**知道**一件事情,我拥有一种属于主笔者的洞察力,是过去十一年里我试图描绘他的一切文字失败的积累,我知道:想写他,低调陈述是不可能的。恰恰相反。自1948年起,我写过不下一打关于他的故事或者小品,然后又戏剧化地统统付之一炬——其中有几篇还是挺像样子的,很可以读一读,这话不该我自己说的。但是统统不是西摩。低调处理一篇关于西摩的作品,结果就会变成,就会**成长为**,一个谎言。一个艺术的谎言,也许吧,有时候甚至是一个回味无穷的谎言,但终归是个谎言。

我觉得我应该过个一小时左右再睡。**得!这个家伙愣不睡觉。**

尚有些丝毫谈不上奇形怪状的部分。比如,他的手就很好。我犹豫了一下要不要说美丽,因为我不想用"美丽的双手",这个表达叫人彻底倒胃口。他的掌心很宽,拇指与食指之间的肌肉颇发达、"健壮"得出人意料(引号**没有必要——**看在上帝的分上,放松),然而手指却又长又细,尤胜贝茜;两根中指看上去像是要拿裁缝的皮尺来量才行。

我在想上面这段文字。我想的是其中包含的个人仰慕的成分。我不知道一个人对其兄长的双手仰慕到什么程度才不至于引起世人的扬眉侧目?我年轻时候参加的学习小组经常拿威廉神父和我的异性恋倾向(除了为数不多的,怎么说呢,往往是身不由己的独身期)作为闲聊的谈资。然而此刻我发现自己正清晰地回想起索菲娅·托尔斯泰说过的一些话,也许有点儿太清晰了;索菲娅常常跟丈夫怄气,也完全可以理解,某次怄气之后,她指控自己十三个孩子的父亲有同性恋倾向,就是这个一把年纪却仍然每天晚上要同她行房事的男人。我觉得,总的来说,索菲娅·托尔斯泰这个女人,脑子不是一般的不灵光——更主要的是,我体内细胞的组成模式决定了我天生相信起烟的地方很少真的有火,往往多的是草莓果冻——但是我确确实实相信,任何一个从不妥协的作家,甚至只是即将成为这样一个作家的人,在他们体内都存在着大量雌雄同体的激素。我觉得如果这个人看到另一个穿了隐形裙子的男作家就痴痴傻笑,那么最终倒大霉的就是他自己。关于这个话题我到此为止。这种自白,恰恰属于最容易被添油加醋、歪曲事实的那一类。我们本来就是一群懦夫,作品中的我们竟然不比现实中的我们更懦弱,这真是一个奇迹。

至于西摩说话的声音,他那无与伦比的喉咙,我无法在这里展开。我没有足够的篇幅先好好做点儿铺垫。眼下我就以我自己那毫无魅力的神秘嗓音简单说一句:他说话的声音是我听过最棒的乐器,不完美的乐器,我可以整小时地听。不过,我重申一遍,眼下我不会对西摩的嗓音做进一步完整的描述。

他皮肤很黑,或者说至少肯定是偏暗的,而且出奇的干净。他整个青春期就没长过一颗粉刺,这让我既困惑又懊恼,因为他吃的地摊小吃——或者用我们母亲的话来说,"连手都不洗的、脏兮兮的家伙们做的不卫生食品"——一点儿也不比我少,喝的瓶装汽水饮料至少跟我一样多,而且绝对不会比我洗澡洗得更勤快。事实上,他洗澡次数比我少多了。他总是忙着监督我们一伙人——尤其是两个双胞胎——按时洗澡,以至于该他自己洗的时候,他倒常常会错过。这样我又可以重提理发店的话头,虽然有点牵强。一天下午,我们一起去理发,走到阿姆斯特丹大街正中间的时候,他突然停下脚步,然后很冷静地问我,如果我让你自己一个人去理发你会不会很不乐意,这时候马路两边的小汽车、卡车正从我们身边来回地呼啸而过。我把他拉到人行道上(我很想每次拉他到人行道上就收五个美分,从小到大),然后说我当然**会**不乐意。他有个想法,觉得自己的脖子不够干净。他不想难为理发师维克多,害他看自己的脏脖子。他的脖子是脏,确切地说。他用一根手指伸进自己衬衣的后领口撑开,让我看一眼,这不是第一次,也不是最后一次。通常,那个领域的卫生防范还是过得去的,但是过不去的时候那是确实过不去。

我真的必须要上床了。"妇女主任"——人非常好——天亮的时候要来吸尘打扫。

●

着装这一可怕的主题也该在此地某处登场了。要是作家对于笔下人物的着装可以一件一件、一个褶缝一个褶缝地描写，那该有多便利啊。是什么让我们畏首畏尾？部分原因在于，我们有将素未谋面的读者当作弱势群体的倾向——前提是我们认为读者关于人和道德所知不如我们；抑或任他们随便猜疑——前提是我们宁愿相信他手头不可能有我们所掌握的那些琐碎、翔实的资料。举个例子来说，我在看脚病医生的时候，翻到《匹克博》杂志上的一张照片，是某个崭露头角的美国公众人物——某个电影明星、政客，或者新上任的大学校长——他在自己家里，脚边是条小猎犬，墙上挂了幅毕加索的画，他自己穿了件诺福克外套，要是我来描写的话，我一般不会亏待这条狗，对毕加索也会尽量礼数周到，可一旦轮到对美国公众人物的诺福克外套作总结陈词，我准会叫人忍无可忍。我是说，如果我本来就不怎么喜欢那个美国公众人物，他的外套就是雪上加霜。我会从这件外套上得出如下结论：此人的视野他妈的开阔得忒快了点儿，不对我的胃口。

说点**别的**吧。大一点之后，我和S.穿衣服就很难看了，且各有各的难看法。我们穿衣服**曾经**那么难看，这略微有些奇怪（并非真有多奇怪），因为小时候我们都打扮得挺像样的，虽然算不上出类拔萃，我想。刚开始上电台节目那会儿，贝茜常常带我们去第五大道上的德皮纳服装店给我们买衣服。她是怎么发现那个庄重、高雅的服装店的，这谁也说不上来。我弟弟沃特活着的时候是个很斯文的小伙子，他一度认为贝茜就是走过去问了一个警察。这个猜测也不是没道理，因为我们小时候，贝茜一遇到最棘手的难题，就会去找全纽约最容易找到的德鲁特伊神庙——爱尔兰交通警。贝茜能发现德皮纳没准**是**跟爱尔兰人出名的好运气有点关系，这种假设在某种程度上我可以接受。但样样都靠这个，那是不可能的。比如（这有点儿跑题，但挺有意思），我的母亲从来不是个爱读书的人，不管你把"读书"的尺度放到多么宽。然而我曾见她走进某家位于第五大道上的富丽堂皇的书城，给我的一个侄子买生日礼物,出来时,现身时,手里拿着一本凯·尼尔森画插图的《太阳以东,月亮以西》,如果你认识她的话你会肯定,那天她对四处走动的、热情的营业员们一定是敬而远之的。我们还是言归正传吧,继续说说我们俩年轻时的着装。十岁刚出头,我们就开始自己买衣服了,不再有贝茜什么事,**而且**我们俩互不干涉。西摩长我几岁,他自然最先独立行动,不过时机一成熟,我便迎头赶上。我记得刚满十四岁我就再不去第五大道了,就像丢开一个凉了的土豆一样,转身直奔百老汇而去——具体讲,是百老汇的一家店铺,那里的营业员以20世纪50年代的标准来看不是一般的不客气,不过至少他们一眼就能认出一个天生知道怎么穿衣服的人。我跟S.一起做电台节目的最后一年——1933年——每次晚上播音,我都穿一件淡灰色的双排扣外套,高高的垫肩,里面一件暗蓝色的衬衫,领子是好莱坞式的"摇滚"翻领,外加两条一模一样的橘黄色领带中比较干净的一条,般正式场合我才系。老实说,自那以后我还从来没穿过比这自我感觉更好的行头。(在我看来,以写作为生的人永远不可能跟他橘黄色的旧领带一刀两断。我觉得,这些领带迟早会在他的文章里冒出来,对此他还真是他妈的无能为力。)另一方面,西摩给自己挑的衣服一概中规中矩。关键问题出在,他买的衣服——尤其是外套,还有大衣——没有一件是合身的。一定是这么回事:店家负责改衣服尺寸的人一走近他,他拔腿就跑,可能衣服只穿了一半,没人来得及用粉笔在衣服上画尺寸是肯定的。他的夹克不是往上缩,就是往下耷拉。他的袖子要么拖到大拇指的第一个关节,要么在腕关节那里就拉不下来了。裤子臀部的地方几乎总是最糟糕的。有时候叫人瞠目结舌,就好像一个正常的36码的屁股像颗豆子一样被扔进了一条42码的裤子里。不过更吓人的还在后头。任何一件衣服,一旦上了西摩的身,其物质的存在就会被他彻底抛到脑后——除了一点,也许,即对于自己不再一丝不挂这一点,他尚存一丝模糊的机械性意识。这体现了某种对于我们这个圈子里所谓会穿衣服这一概念的本能的、抑或后天培养出来的反感,但是,远远没有那么简单。有过那么一两次,他买衣服的时候我就跟在旁边,回想起来,我觉得他买衣服时带着某种骄傲感,在我看来,只是些微的骄傲,但足以令他自得其乐——仿佛一个年轻的**婆罗门教的禁欲修行者**,抑或印度教新入门的信徒,在挑选自己的第一块腰布。哦,这可真是怪事呀。每当西摩真的开始穿衣服,那些穿衣服的时刻,也常常会出岔子。他通常可以在一个打开的衣橱前站上足足三四分钟,对我们放领带的那一格中属于他的那部分反复检阅,但是你**知道**(如果你傻到愿意坐在那里一直看着他的话)一旦他真的做出选择,那条被选中的领带绝对没有好下场。要么打出来的结注定不肯安安分分地待在衬衣领的V字部位——大多数情况下,领结会停在离最上面一粒纽扣约四分之一英寸的地方——要是这个结打得**确实**不偏不倚,那么他脖子后面的领口下面注定会伸出一小块领带绸,看上去就像挂了一个旅游小望远镜。不过这个话题又大又难,我想就说到这里为止吧。一句话,他的着装常常让全家人感到筋疲力尽,心生类似绝望的情绪。说真的,我的描述也只是**蜻蜓点水**。什么样的情况都有可能发生。我要么再举一个例子,然后就不说了,想象一下夏日的某一天,比尔特摩庄园里的鸡尾酒会人潮涌动,你站在一棵盆栽棕榈树的边上,这时只见你的领主一路蹦蹦跳跳上了楼梯,看到你他高兴得什么似的,活蹦乱跳刹不住车，这样的经历确实叫人如坐针毡。

我想就蹦楼梯这回事再扯开去说一会儿——也就是，先扯开了再说，至于会扯到哪里就管他娘了。所有的楼梯，他一概都是蹦着上去的。他是冲上去的。我几乎没见过他以其他任何形式上过楼梯。这便助我上升到有关活力、生命力以及蓬勃生机的主题——这样的过渡合情合理，我可以这么想吧。现如今，我无法想象任何人（现如今，我无法**轻易**想象任何人）——以下这些人可能是例外：极端没有安全感的码头工人、若干陆军及海军的离休军官，以及相当数量为自己二头肌的大小发愁的小男孩们——还会相信诗人就该是一副蔫了吧唧的样子，这是老掉牙的人尽皆知的诽谤。我一早想指出（尤其考虑到有这么多军人、户外型的铮铮男儿将我列入最受欢迎的故事大王之一）：要完成一首一流的诗的最后一稿，光有精神力量或者铁打的意志是不够的，还要有相当大的纯粹的体力耐力。只不过可悲的是，一个好的诗人往往不会好好照顾自己的身体，但是我相信通常一开始诗人都有一副相当不错的体格。我的哥哥就是我所认识的最不知疲倦为何物的人。（我突然想知道时间。还没到半夜,而我却想着要不要骨碌到地板上,以仰卧的姿势继续目前的写作。)我刚想起来我从没见过西摩打哈欠。他肯定打过哈欠,但是我从没见过。当然不会是出于任何礼貌的考虑;我们家还没挑剔到禁止打哈欠。我打哈欠很正常,这我知道——而且我睡觉比他多。需要强调的是,我们俩睡眠时间都很短,即便小时候也是这样。尤其是我们做电台节目的中间几年——那些年里,我们各自的屁股兜里揣了至少三张图书证,每张都像历经沧桑的老护照——没有几个晚上,**上学的**晚上,我们卧室的灯会在凌晨两三点之前熄掉,只有当第一中士贝茜巡逻的时候是例外,在她敲门后关键的一小段时间里灯也会熄掉。从大约十二岁开始,每当西摩热衷于某个东西,做某项调查,他就可以连着两三个晚上通宵达旦,而且经常这样,可他看上去或者听上去却没有什么明显疲惫的迹象。睡眠不足看来只会影响他的血液循环;他的手脚会变冷。如果连续三天熬夜,大概第三个晚上,不管他在做什么,他总会抬起头问我,至少一次,问我有没有感觉到屋里漏风很厉害。(我们家的人,包括西摩,从来只感觉到厉害的漏风,一般的漏风是感觉不到的。)要么他会从椅子或者地板上站起来——任何他正在读书或者写作或者沉思的地方——然后去检查一下是不是有人没关好浴室的窗。除了我之外,贝茜是这所公寓里唯一一个能感觉出西摩是否在熬夜的人。她靠西摩穿了多少双袜子来判断。自从西摩告别短裤,只穿长裤之后,贝茜就总在拎他的裤脚管,看看他是不是穿了两双袜子来防风。

今晚我是我自己的睡魔。晚安!晚安,你们这些缄默得叫我抓狂的人!

•

有很多很多人,他们跟我一个年纪,一样的收入水平,也在以迷人的半日记形式描写自己死去的兄弟,这些人从来不屑于向我们说明日期,或者告诉我们他们**身在何处**。毫无合作诚意。我发过誓不会重蹈他们的覆辙。今天是星期四,我又回到了我那把可怕的椅子上。

凌晨一点差一刻,我从十点起就坐在这里,笔下的西摩仍然鲜活,我便想趁机介绍他运动员的一面,他对各种比赛的热爱,可我又不想在讨厌运动和比赛的人群中引起过度反感。除非先致歉,否则便无法下笔,这一发现令我沮丧，心里不是滋味，说真的。原因之一，我所属的那个英文系里碰巧至少有两位眼看就要成为德隆望尊的正牌当代诗人，还有一位是东海岸学术圈内风头正健的文学评论家，梅尔维尔研究专家中的权威人物。这三位老兄（他们对我都客气得很，这一点您也许可以想见）每逢职业棒球联赛，便齐刷刷冲到电视机边上，外加一瓶冰镇啤酒，给我的感觉多少有点儿太咋呼。我又扔了一块布满青苔的小石头，不幸的是，破坏力不够大，因为这一次我是在一所实心玻璃屋里往外扔石头的。我自己一直都是一个棒球迷，我毫不怀疑在我的脑壳里一定有一块地方看起来活像一只鸟笼的底座，上面垫满了撕碎的运动版的旧报纸，事实上（这将是最后一次作者与读者亲密无间型的对话），我小时候之所以上那个电台节目连续六年多不间断，原因之一可能就是我可以告诉听众朋友们，威纳兄弟[31]这一个礼拜又干啥了，或者来个更绝的，我两岁那年，1921年，考伯一共偷了几次第三垒。我还在为此耿耿于怀吗？少年时代，很多个下午，我会乘上第三大道地铁逃离现实，跑去马球球场的第三垒，属于我的小小天地，对此我难道仍然无法释怀吗？我感到难以置信。也许一部分是因为我四十岁了,是时候了,所有的老男生作家们,你们该从球场和斗牛场上下来了。不是这么回事。这位唯美主义者同时也是一个运动员,对此我却迟迟不愿着墨,到底为什么?我是**知道**原因的——我的上帝,我知道。这么多年了,我从不去想这个问题,但是答案就在这里:我和S.上电台节目的时候,曾经遇到过一个极其聪明、极其可爱的男孩——他叫科蒂斯·考费尔德,后来参加太平洋战争,某次登陆战时被打死了。一天下午,我和西摩带着他,蹦蹦跳跳去中央公园玩,在那里我才发现他扔起球来就好像长了两只左手——概括地说,就是扔起球来像个小姑娘——我当场哈哈大笑,笑得像匹小公马,那一刻西摩脸上露出的表情,直到今天,仍然在我眼前晃动。(对这一类的深层分析我该怎么辩解才好呢?莫非我已经到过天国了?我是否该挂牌营业了?)

还是一吐为快吧。S.**热爱**运动和比赛,无论室内还是室外的体育项目,而他自己通常要么就是特别擅长某个项目,要么就是一点儿都不会——很少有介于两者之间的情况。几年前,我妹妹弗兰妮向我透露她最早的记忆中有这么一幕,她躺在"摇篮"里(犹如一位公主,我猜），看着西摩在客厅里跟人打乒乓球。我是这么想的，她脑子里的摇篮在现实中就是那只破旧不堪的安了四个小轮子的童床，波波那时候总是推着小床上的弗兰妮满屋子跑，颠过一个又一个门槛，直到抵达客厅这一活动中心地带。不过她在婴儿时期见过西摩打乒乓球也是完全有可能的，而那位没有被她记住的、明显很苍白的对手完全可能就是我自己。我跟西摩打乒乓球一般都会被震撼到脸色惨白。感觉仿佛球网那一头站的是迦梨女神本人，群手飞舞，龇牙咧嘴，对于分数则丝毫不放在心上。他又是猛击，又是狠砍，总在杀球，就好像所有的球都是挑起来的高球，无论是否只打了一个还是两个来回。西摩每打五个球，大约就有三个要么打在网上，要么离开乒乓球桌十万八千里，所以跟西摩打乒乓球基本上没有回合可言。不过，由于他本人注意力毫不分散，他几乎从来没意识到这一点，而他的对手则总在满屋子追着乒乓球跑，椅子下面，沙发背后，钢琴底下，还有放满书的书架后头那些犄角旮旯，等到对手终于忍不住愤愤然地高声抱怨，西摩总是会很吃惊，一副非常抱歉的可怜样。

打网球他也是一样无可救药，惨不忍睹。我们**经常**

打网球。尤其是我大学四年级的时候,在纽约。他当时已经在同一所大学里教书了,有不少日子,尤其是春天,我一见阳光灿烂就害怕,因为我知道又会有某个年轻人如游吟少年[32]般倒在我的脚下,身上带着西摩的条子,上写:"多么好的天气啊,待会儿打场网球吧。"我拒绝跟他在大学的球场上打,我怕在那里打的话,我的朋友或者他的朋友——尤其他有几个靠不住的**同事**——可能会在他打球的时候认出他来,所以我们通常去九十六街上的利普网球场打,那是我们经常碰头的地方。我设计过的最帅的策略之一是故意把我的网球拍和球鞋放在家里,而不是学校的衣柜里。这样做就是有一个小小的好处,我在家里换衣服准备去球场赴约的时候,常常会获得些许怜悯,我弟弟妹妹中的某一个总会同情地跟在我身后,一直走到前门,陪我一起等电梯。

不管玩什么纸牌游戏,无一例外——钓鱼、扑克、卡西诺、打红星、抽乌龟、竞叫或定约桥牌、拍杰克、二十一点——他都是绝对得叫人忍无可忍。尽管如此,钓鱼纸牌**尚可一观**。双胞胎小时候,他常跟他们一起打牌,他总是不停地暗示两个小家伙,让他们问他有没有四或者杰克,要么他就故意咳嗽,把牌亮给他们看。玩扑克他也一样星光四射。我快二十岁的时候,曾经有一段日子,为期很短,我试图变成一个合群的人,这个半公开的游戏很难玩,而且以失败告终。那段时间里我常常带人回来玩扑克,西摩也常常会加入牌局。他要是拿了一手A,别人想猜不出来还真是件难事,因为他会坐在那里咧着嘴乐,用我妹妹的话来说,就像一只捧了满满一篮子鸡蛋的复活节兔子。更糟糕的是,比如牌桌对面的人出了一对十,他要是喜欢这个人,那么就算这时候他手里有顺子或者同花顺,或者更好的牌,他也绝不会下赌注,甚至都不会叫牌,这就是他打牌的习惯。

户外运动十有八九他都没戏。我们上小学的时候,住在一一〇大街和河滨大道附近,每到下午总有很多小孩一起玩游戏,要么在小路上(棍球、旱冰曲棍球),更多的时候是在草坪上,遛狗的大场地,科苏特雕像附近,河滨大道上(橄榄球或者足球)。西摩踢足球或者打曲棍球有他自己的一套路数,让他的队友们牙痒痒,他会带球冲到前场——经常干得很漂亮——然后就停下来,给对方守门员足够的时间找到一个牢不可破的位置。他很少玩橄榄球,几乎是从来不玩,除非这个队或者那个队刚好缺一个人。我常常玩橄榄球。我并不讨厌暴力,我大多数情况下是吓得半死,所以只能硬着头皮玩下去;我甚至还组织过该死的橄榄球比赛。S.偶尔加入我们的比赛,这种时候事先根本猜不出对于他的队友来说他到底是宝还是废。比赛分组的时候,西摩往往是最先被选中的,因为他绝对是水蛇腰,天生会带球过人。当他带球到中场的时候,如果他没有突然选择把心交给迎面而来的阻截队员,那么对他那一方来说,他绝对是个宝。然而,正如我所言,他对于整个比赛究竟会起到推动还是阻碍的作用,实在难以预期。有一次,我自己的队友们总算同意让我带球跑到边锋的位子,虽然他们一个个满腹牢骚,这对我来说不啻为千载难逢的机会。西摩属于对手方,当我带着球朝他的方向冲去时,只见他欣喜若狂地看着我,就好像这是一个意外相逢的天赐良机,我一下子就被搞得心神不宁。于是我几乎急刹车般停了下来,不用说,自然立马被人扳倒了,用后来大家传的话来说,摔了个稀里哗啦。

这个话题我说得太多了,我知道,但是我真的就是停不下来。我已经说过，有些游戏他可以玩得出奇的好。事实上，简直好得不可原谅。我这话的意思是说，在游戏或者运动项目中，有那么一种层次的优秀，如果某个不懂经的对手达到了这种优秀的层次，我们就会尤其气不打一处来，这类对手也是绝对的某种类型的"混蛋"——一个无形的混蛋，一个卖弄的混蛋，或者就是一个普普通通的百分之百的美国混蛋，这伙人里包括运动装备全是便宜货或者次品，却还把我们打得落花流水的人，这样一路算下来，也包括长了一张过分幸福与和善的脸的选手，只要他是赢的那个人。西摩游戏玩得特别好的时候，他的种种罪名之中只有一项属于无形之罪，但也是主要的一项。我特别想到的有三个游戏：街头棒球，打弹子，还有口袋台球。（台球我得下次再说。对我们而言，台球不仅是一个游戏，它几乎具有新教改革的意义。少年时代，每逢重大危机时刻，我们都会打台球，不是危机前，就是危机后。）街头棒球，我给乡下的读者们介绍一下，这个游戏玩起来需要有一段褐砂石的阶梯，或者公寓楼的前门也行。我们玩的时候，是拿一个橡皮球，朝着某个花岗岩的奇形怪状的建筑物扔过去——曼哈顿流行的半希腊人像半罗马科林斯大柱子造型的东西——沿着我们公寓的外墙有那么一排,高度及腰。如果对方一伙没有人在半空接住球,球落到大街上,或者对面的人行道上,那么就算是内场安打,就跟棒球一样;如果球被接住了——这种情况更多见——扔球的人就得出局。只有当球弹得够高够狠,没有被接住,而且弹到了街对面房子的墙上,这样才算本垒打得分。我们那时候,不少球能弹到对面的墙上,但是很少弹得够快、够低、够水准,以至于不会半路被接住。可是只要轮到西摩扔球,几乎每一次他都可以弄一个本垒打。我们那个街区里的其他男孩,不管谁得了分一般都被认为是意外——你乐不乐意是另一回事,取决于你跟他是不是一伙的——可是轮到西摩,如果他没有拿下本垒打,那看起来才像是意外。更特别的是,跟本文更切题的是,西摩扔球的方式在方圆几里都是独树一帜。我们其他人,但凡跟**他**一样不是左撇子,面对波纹状的建筑表面,都会站得稍微偏左一点,然后手臂用力斜斜地把球扔出去。西摩则**正脸**对着那个关键部位,然后就把球直直地**往下**扔过去——非常像他打乒乓球或者网球时上手扣球的动作,只是后者既有碍观瞻,且总以惨败

215

告终——他身子略微往下一蹲,球随即咻地从他脑袋上方擦过,直奔看台观众而去。你要是想照他的样子来(不管是一个人偷偷地试,还是在他热情洋溢的亲自指导之下),结果不是球弹不起来,就是(他妈的)直接迎面敲在你脸上。有一度我们这个街区没有人再愿意跟西摩一起玩街头棒球——包括我自己。于是乎,他要么就去跟两个妹妹中的一个解释这个游戏的奥妙所在,要么干脆把它变成一个自得其乐的单人游戏,球从对面建筑物弹回来,他都不用挪动一步就可以接到球(没错,没错,我他妈太小题大做了,但是在将近三十年之后,这个话题还是让我无法拒绝)。西摩打弹子也是一样所向披靡。玩弹子游戏都是在没有停车的后街,第一个人把弹子顺着街道边沿滚出去,或者弹出去,一般距离为二十到二十五英尺,尽量让弹子靠近街沿。第二个人站在同样的起点设法用他的弹子打中那个滚出去的弹子。很少有人能打中,毕竟让一颗弹子偏离目标的因素无所不在:凹凸不平的街面,在街沿上弹了一下,一坨嚼过的口香糖,典型的纽约后街上一百多摊鸟屎中的任何一摊——更别说瞄得不准这种最平常的情况了。如果第二个人没打中,他的弹子通常会停在一个非常不利的位置,等到第一个人打第二轮,很容易就能打中。玩这个游戏,西摩无论是第一个打,还是最后一个打,一百次里有八十到九十次他都是所向无敌。若是远距离射击,他会弹出一个很大的弧度,击中你的弹子,就像是远远站在限制线的右边扔一个保龄球。同样,他的姿势,他的态势,照例毫无规律可循,叫人抓狂。这一街区所有别的小孩在远距离瞄准时,都是手垂得很低然后把弹子打出去,只有他是侧着胳膊——应该说斜着手腕——把**他的**弹子发配出去,有那么一点儿像用石片打水漂。同样,模仿的后果不堪设想。照他的样子来,就等于对弹子失去**一切**有效控制。

我觉得有一部分的我一直在恬不知耻地打主意为下面这个片段做铺垫。这么多年了,我从没想起过这个片段。

某天傍晚,我跟一个名叫伊拉·扬卡瓦的男孩在一条小街上打弹子,街对面就是我们家公寓楼外头的一个大檐篷,那是纽约一天中的迷蒙时刻,华灯初上,车灯也刚陆续打开——有些开了,有些还没有。我那时八岁。我在用西摩打弹子的技巧,或者说我试图用西摩打弹子的技巧——他的侧弹法，他的大弧度高空射弹法——我一直在输。输是一直输，可我并没有当回事。在这样的一个时刻，纽约城里的男孩跟俄亥俄蒂芬市的男孩没有什么两样，远方传来火车的鸣笛声，最后一头奶牛要入棚了。在这样一个有魔力的时刻，输了弹子，输的就只是弹子而已。我想伊拉也一样，悬在时间中了，果真如此的话，那么他能赢的也就只是弹子而已。四下一片静谧，这时我听到西摩叫我，他的声音如此和谐地融入这份静谧。原来宇宙间还有第三个人存在，这让我既惊且喜，此人是西摩，这更在情理之中。我转过身去，一百八十度，我怀疑伊拉肯定也和我一样。我家檐篷下的灯刚刚点亮，是一只昏暗的小灯泡。西摩站在街沿，面向我们，背对着檐篷，两只脚交叉站着，双手插在他那件羊皮夹克的口袋里。身后的檐篷灯在他脸上投下阴影，整个脸都很模糊。他那时十岁。从他两脚交叉站在街沿的样子，他手插口袋的姿势，还有——还有未知数 X 本身，我知道他心里也非常清楚这一时刻所拥有的魔力，我那时候就知道。"你能不能试试瞄准的时候别那么使劲？"他问我，还是站在那里。"如果你瞄准之后打中，那就只是运气。"

他在说话,在交流,然而并没有破坏这一刻的魔力。是**我**破坏了魔力。我完全是故意的。"如果我**瞄准**的话,怎么可能是**运气**呢?"我反唇相讥道,声音不大(尽管我加重了语气),但是听起来很烦躁,虽然我心里一点儿也不烦。他有好一会儿什么也没说,只是继续站在街沿上,看着我,我隐约能感到他目光中的爱。"因为就是会这样,"他说,"如果你打中他的弹子你会感到**高兴**——伊拉的弹子——不是吗?你难道不会**高兴**吗?如果你为打中别人的弹子而感到高兴,那么你会偷偷地不怎么希望自己会打中。所以要打中就得多少靠运气了,就有不少的偶然因素在其中了。"他跨步走下街沿,他的手仍然插在衣袋里,朝我们走了过来。但是想着心事的西摩不会飞快地跨过一条暮光中的街道,或者肯定看起来不像是那么回事。在那样的光线中,他更像是一条帆船在向我们驶来。与此相反,骄傲是这个世上移动速度最快的东西之一,不等他走到离我们五英尺的地方,我已经急急忙忙地对伊拉说:"反正天也黑了。"我终止了游戏。

因为上文的这段闪回,不管叫什么吧,我开始出汗,而且真的是从头汗到脚。我想抽根烟,但是我的烟盒空了,可我又不想起身离开这把椅子。哦,上帝,这是多么崇高的一份职业。我对读者到底知道多少? 我可以向他倾诉到什么程度,才不至于让我们彼此任何一方感到难堪? 我可以这样对他说:在我们每个人的心里,都有那么一块地方在等着我们。我心里的那块地方,我这一辈子一共见过四次。那是一分钟以前的事,现在是第五次了。我要去地板上躺个半小时左右。我恳请您稍候片刻。

●

我觉得下面的东西写得像演出海报,但是经过上面那么戏剧化的一段,我感到自己是自作自受。现在是三小时以后。我在地板上睡着了。(**我完全恢复了,亲爱的男爵夫人。我的天哪,您都想到哪里去了? 我恳请您允许我传唤下人,送一小瓶颇有趣味的葡萄酒上来。那是我自家小葡萄园里出产的,我想您可能只是……**)我要宣布一下——尽量言简意赅——无论三小时前是什么原因使我笔下的文字如此骚动不安,我并没有,现在也没有,从来都没有,被我自己滴水不漏的记忆力的魔力(我那小小的魔力，亲爱的男爵夫人）所迷醉。在我变得彻底无可救药的那一刻，严格来说，我并没有多么在乎西摩说的话——或者不如说，我并没有怎么在意西摩本人。我之所以感到震撼，之所以浑身无力，我想是因为我突然意识到西摩就是我的达维加自行车。我一生的大多数时间一直在等待那一刻，渴望送掉一辆达维加自行车的一刻，哪怕只是最难以察觉的渴望，更别说真正送出手时需要经历的一切了。当然，我这就解释是怎么回事：

西摩十五岁、我十三岁那年，有一天晚上，我们俩走出自己的房间，想去听司图南戈尔和巴德的广播节目，走进客厅，发现那里气氛十分凝重压抑，出了什么大事。在场的只有三个人——父亲、母亲、我们的弟弟维克——但是我有种感觉，还有其他占据某些有利地位的小人正竖着耳朵在偷听。莱斯的脸涨得通红，贝茜死死地抿着嘴，几乎看不到她的嘴唇，而我们的弟弟维克——按我的数据，那个时刻他差不多刚好九岁零十四个小时大——站在钢琴边上，穿着睡衣，赤着脚，眼泪簌簌地沿着脸颊往下淌。在这种家庭场合下，我自己的第一反应是扭头逃到山上去，但是西摩看上去一点没有要撤的样子，我也就暂时按兵不动了。莱斯半按捺住怒气,即刻向西摩呈报案情,提起公诉。那天早晨,维克和沃特各自收到一份一模一样的漂亮的生日礼物,大大超过家庭开支,这个我们都已经知道了——两辆红白条纹、双杠二十六寸的自行车,八十六大街上的达维加运动城橱窗里展出的就是这一款自行车,位于列克星敦大街和第三大道之间,他们两人对这辆车倾慕已久,这大半年里一直念念不忘。大约十分钟之前,莱斯发现只有沃特的车停在我家的地下室里,维克的却不见了。当天下午,在中央公园里,维克把他的车送人了。一个不认识的男孩("一个他以前从没见过的呆瓜,**一辈子没见过的**")走过来跟维克要他的车,维克就把车交给他了。莱斯和贝茜当然不是不晓得维克"用意非常好,非常大方",但是他们俩看待这桩交易的细节用的是他们自己的不可妥协的逻辑。换言之,他们觉得维克应该这样做——莱斯对西摩重复了一遍,情绪激动——他可以让那个男孩骑一下他的自行车,时间长一点也无所谓。这时候维克插了一句,一边还在抽泣。那个男孩不是**要**骑一下自行车,他是要那辆**自行车**。他从来**没有过**自行车,那个男孩子;他一直都想**要**一辆。

我看着西摩。他正越来越激动。他脸上正呈现一种满怀诚意却毫无信心来仲裁这样一个困难局面的表情——我根据以往的经验,知道我们的客厅即将恢复和平,无论有多么不可思议。("圣人踌躇以兴事,以每成功。"——《庄子·外物》XXVI[33])我不会具体描述(就这一次)西摩是如何跌跌撞撞然而无往不利地攻入围城的中心——肯定有比这更好的表达法,但是我不会——几分钟后,这三位交战国成员真的就互相亲吻和解了。我写这一段分明只是为了我自己,而且我想我也早就交代过了。

1927年那个在街边玩弹子的傍晚,西摩对着我喊的那些话——或者不如说他指点我的那些话——对我来说意义深远而重大,我觉得我必须略做些讨论。尽管说出来有点让人吃惊,此刻在我眼中最深远而重大的莫过于这样一个事实:西摩那位患有胃气胀的四十岁的弟弟,终于获得了一辆属于他自己的达维加自行车,可以送给第一个向他张口要车的人。我发现自己在疑惑,在苦苦地思考,从一个伪形而上的观点转入另一个伪形而上的观点,这样做是否**正确**,哪怕前一个观点琐细而主观,后一个观点鲜活而客观。换言之,不再流连、逡巡于我习以为常的喋喋不休的写作风格。无论如何，我要说的是：他站在街对面的街沿石上，指点我不要瞄准伊拉·扬卡瓦的弹子——请记住，当时他十岁——我相信，他的直觉所指向的精神要旨非常接近一位日本剑术大师不准年轻任性的学生瞄准靶子时的用意；换言之，这位剑术大师想要的是，不瞄准的瞄准。不过这篇论文只有鸽子蛋大小，我不想对禅宗剑术以及禅本身多做赘述了——毫无疑问，一部分也是因为对尚且做不到一视同仁的人来说，禅正迅速变成一个相当猥琐、带有邪教意味的词，而且这也无可厚非，虽然理由流于肤浅。（我用了肤浅这个词，因为纯正的禅当然会比它的西方捍卫者们更长寿，这些推崇禅宗的西方人基本上是把禅宗洁身自好的基本要旨同心灵冷漠，甚至是麻木不仁混为一谈——这些人显然还不等自己的拳头变成金拳，就会毫不犹豫地一拳把菩萨打倒在地。我需要再补充一句吗——话都说到这份上了，还是要吧——就算我这样的势利鬼都已与世长辞，纯正的禅仍然会常驻人间。）然而，总的来说，我并不想把西摩的弹子经同禅宗剑术相提并论，原因很简单，我既不是禅宗剑术师，也不是禅宗佛教徒，更不是禅学家。（我和西摩的东方哲学的根——容我姑且称之为"根"——无论过去还是现在,都是植于《新约》和《旧约》、吠檀多不二论,以及道教,不知道说这些是否不合时宜?我倾向于把我自己认作一个四流的羯磨瑜伽行者,也算有一个迷人的东方名字了,或许再加入一点儿智瑜伽味道会更浓些。我深深迷恋经典的禅宗文献,且斗胆每星期在大学教一个晚上的禅宗以及大乘佛教选读,但是很难想象我自己的生活可以比现在更加缺乏禅意,我所能领会的——领会这个动词是我小心挑选的——那一点点禅学要义,是我追随我个人的非禅之路的附带结果。主要是因为西摩亲口恳求我这样做,而我从来没见他在这些事情上出过什么错。)令我高兴的是,我觉得没什么必要非扯到禅上去,这个大家听了可能都会高兴。西摩出于纯粹的直觉向我推荐的打弹子法,要我说,同往房间另一头的小废纸篓里扔香烟屁股的技巧倒是有得一比。我相信,大多数吸烟男子都能娴熟地掌握这一技巧,但只有当他们根本不在乎烟屁股是否能扔进纸篓里去的时候,或者当房间里没有目击者的时候,也包括这个扔烟屁股的人本人。对这一幕我尽量不再大书特书,尽管我感觉意犹未尽，不过我觉得不妨补充一句——暂时回到街沿弹子的话题——西摩弹出一颗弹子之后，如果听到玻璃相撞发出的声音，他便会笑容满面，但是他似乎从来不清楚那一声**对谁**而言是胜利之声。而且每每总是别人把他赢的弹子捡起来，然后**递到**他手里。

感谢上帝总算完了。我向你保证这不是我钦点的。

我想——我**知道**——这将是我的最后一段"亲身"批注。让它多少有趣些吧。我希望上床前能与读者冰释前嫌。

这是一段趣闻，要命了，不过我会三下五除二：大约九岁的时候，我有一个非常沾沾自喜的想法，我觉得自己是世界上跑得最快的男孩。我想补充一句，这类想法属于某种挺奇怪的、基本上是课外活动型的自负，而且顽固得很，即便是现年四十岁的今天，几乎每天坐着不动，我还是会想象自己穿着**休闲**服，从一群奥林匹克一英里赛跑选手的身边飞驰而过，这些都是著名的运动员，不过个个气喘如牛，我会友好地向他们挥挥手，全然一副平易近人的神态。话说那是一个美丽的春天的傍晚，我们还住在河滨大道，贝茜让我去药店买几品脱的冰激凌，我走出公寓大楼,又是那个充满魔力的时刻,就跟之前一段里描述的一样。这段趣闻不可缺少的细节之一是,我穿着运动鞋——运动鞋之于那位碰巧是世界上跑得最快的男孩的意义,就跟红舞鞋之于安徒生笔下那个小女孩的意义是一样的。一出大楼,我就成了墨丘利,上了通向百老汇的那条长长的大街,我开始全速冲刺。在百老汇拐角处我只用一只脚转了过去,继续飞奔,一边尝试着不可能的事:**加速**。卖路易斯舍利牌冰激凌的药店要再往北过三个街区,在一一三大街,贝茜只认这一个牌子。大约一半路程的地方是一家文具店,我们常在那里买报纸杂志,我头也不回地奔过去,根本没注意附近有没有亲戚熟人之类。接着,大约又跑了一个街区之后,我听到身后有人追我的声音,也是用脚在跑。我的第一反应是警察在追我,这可能是典型的纽约人的反应——可以想见的指控是打破非校园区的跑速纪录。我用力想再加快一点速度,但是没有用。就在本该竖着胜利队伍荣誉年号的地方,我感觉到一只手伸过来抓我,揪住了我汗衫的一角,我吓坏了,一下子没了速度,就像一只信天翁停下来时的样子,很狼狈。追我的人当然就是西摩,他看上去也吓得半死。

"怎么**回事**？出什么事了？"他心急如焚地问我。一只手还揪着我的汗衫。我一把从他手里挣脱出去，然后告诉他，**什么事**也没出，没怎么**回事**，我就是在**跑步**，拜托你好不好。我当时用的是当地的脏话俚语，这里就不逐一复述了。他大大地松了口气。"天哪，你可吓坏我了！"他说道。"哇哦，你那叫一个跑！我差点就追不上你了！"之后我们便一起步行往药店走去。也许很奇怪，也许一点儿都不奇怪，这个现在是世界上跑得第二快的男孩并没有表现出士气大受打击的样子。其一，跑过我的人是**他**，不是别人。此外，我正一个劲忙着注意他大喘气的样子。很奇怪，看他气喘吁吁是件非常好玩的事。

我说完了。或者倒不如说，我没得可说了。基本上，一到结尾处，无论什么类型的结尾，我的大脑就会罢工。从孩童时代起，我撕了多少个故事，仅仅因为它们发出那种古老的折磨契诃夫的噪声，毛姆称之为开头部分、中间部分以及结尾部分？有三十五个？五十个？大约二十岁左右，我不再去剧院，这背后有一千个理由，其中之一就是我痛恨从剧院鱼贯而出，仅仅因为剧作家总在砰砰地放下幕布。(那个烦人的大个子福丁布拉[34]到底怎么样了？最后是谁修好了**他的**战车？）无论如何，我说完了。还有一两句零散的话我想说，也属于"亲身"型的话。但是我能强烈感觉到我的大限**已到**。而且，现在是七点差二十分，我九点有课。剩下的时间只够打半小时的盹，刮个胡子，然后也许可以泡个提神醒脑的冷水澡。我感到一股冲动——更像是城里人惯有的条件反射而不是冲动，感谢上帝——想说几句关于那二十四位年轻女士的略有些含讥带讽的话，她们刚从剑桥或者汉诺威或者纽黑文度完周末回来，将在307房间里坐着等我，但是我要想结束对西摩的描写——即便写得很糟糕，即便到处都充溢着我的自我，充溢着我总想跟他分享头牌的欲望——我就不可能不去感受善与真。以下这句话宏大到无法言说（所以合该我来说），但做我哥哥的弟弟不是白做的，我知道——我并非一直知道，但是我**知道**——对我来说，没有比走进那间可怕的307房间更重要的事了。房间里所有的女孩，包括恐怖的扎贝尔小姐，她们都是我的姐妹，都和波波还有弗兰妮一样。也许她们身上散发着时代的错误信息，但是她们确实在发光。此时此刻，除了307房间，我哪里都不想去——这个想法还是把我镇住了。西摩曾经说过,终此一生,我们所做的事情无非从一个小小的圣地走向下一个小小的圣地。他难道**从来**都不会错吗?

现在,上床去吧。快着点儿。快着点儿,也慢着点儿。

译者注

1. 见《淮南子》卷十二《道应训》。原文为:"秦穆公谓伯乐曰:'子之年长矣。子姓有可使求马者乎?'对曰:'良马者,可以形容筋骨相也。相天下之马者,若灭若失,若亡其一。若此马者,绝尘弭辙。臣之子皆下材也,可告以良马,而不可告以天下之马。臣有所与供儋缠采薪者九方堙,此其于马,非臣之下也。请见之。'穆公见之,使之求马。三月而反报曰:'已得马矣。在于沙丘。'穆公曰:'何马也?'对曰:'牝而黄。'使人往取之,牡而骊。穆公不悦。召伯乐而问之曰:'败矣。子之所使求者,毛物、牝牡弗能知,又何马之能知?'伯乐喟然大息曰:'一至此乎!是乃其所以千万臣而无数者也。若堙之所观者,天机也。得其精而忘其粗,在内而忘其外,见其所见而不见其所不见,视其所视而遗其所不视。若彼之所相者,乃有贵乎马者!'马至而果千里之马。"九方皋又名九方堙,英译本跟原文有出入,小说里的中文是对英译本的翻译。
2. 《罗恩格林》是瓦格纳的歌剧,其中的《婚礼进行曲》在西方常被用作婚礼仪式的前奏曲。

231

3. 艾米丽·波斯特(1873—1960):美国通俗女作家,于1922年发表《礼节》一书,畅销一时,成为当时社交礼节的权威著作。

4. "Lead on, Macduff"引自莎士比亚悲剧《麦克白》,原句为"Lay on, Macduff",是麦克白同麦克德夫决斗前所说的话,意为"来吧,麦克德夫"。但后来常被误引作"你领头先行吧"之意。有幽默嘲讽之意。

5. 此句引自古希腊女诗人萨福,是其残存诗篇中的第111篇。萨福以描写女性之间的爱情而闻名。

6. R. H. 布莱斯(1898—1964):英国学者,长期在日本居住,翻译过大量日本俳句。被认为是最杰出的俳句翻译家。

7. 西行(1118—1190):日本著名俳句诗人。

8. 泰迪仔:20世纪50年代中后期西方时髦青年的称谓,特征是穿着风格受英王爱德华时代(1901—1910)的流行款式的影响。

9. 基尔罗伊:出自美国第二次世界大战期间的俚语"基尔罗伊在此",常出现在涂鸦文化中,类似"某某到此一游"。

10. 普洛斯波洛:莎士比亚剧作《暴风雨》中会魔法的公爵。

11. "文学大师"在原文中用的是德文Dichter。

12. 格罗弗·克利夫兰(1837—1908):美国第二十二和第二十四任总统。

13. 弥诺陶洛斯:希腊神话中的牛头人身怪物。

14. 此处的刘惕高(Lao Ti-kao)及下文的唐礼(Tang-li)、郭晃(Ko-huang)均为音译。本书中译本首版前(2009年),译者曾通过塞林格经纪人致信塞林格,询问这几位中国诗人与典故出处。作者答复因写作时间久远,已不记得资料来源。

15. 庞蕴(740?—808):中唐时代的禅门居士,又称庞居士。

16. 《爱尔兰之花》:美国20世纪30年代百老汇的卖座喜剧,讲一个爱尔兰天主教背景的女孩与一个犹太青年相爱,不顾双方家庭的反对,最后喜结良缘。

17. 舍伍德·安德森(1876—1941)：美国小说家。
18. 马克·吐温小说《汤姆·索亚历险记》中有一段写汤姆油漆篱笆，心里老大不乐意，但是故意装出乐在其中的样子，迷惑路过的男孩们，诱使他们主动要求油漆篱笆。
19. 《奥西旻提斯》是雪莱写于1817年的一首十四行诗，描写公元前13世纪古埃及法老拉美西斯二世陵墓前的巨石像。
20. 贝特茜·乔特伍德是狄更斯小说《大卫·科波菲尔》中的人物，主人公大卫的姨婆，她脾气古怪，生平最厌恶的事情就是有人赶着驴从她屋前的田野里走过。
21. 此段原文为：Second Banana: "I have been in bed for nine weeks with acute hepatitis." Top Banana: "Which one, you lucky dog? They're both cute, those Hepatitis girls." "acute hepatitis"读音同"a cute Hepatitis"，头号香蕉将"acute"（急性）曲解为两个字"a cute"（一个可爱的），将"hepatitis"（肝炎）曲解为一个姓氏。
22. 英语中"happiness"与"hepatitis"押头韵，译者只能拿"幸福感"的"感"与"肝炎"的"肝"来勉强凑一个头尾韵。
23. P.S.9：指第九公立小学，美国一所以音乐教育闻名的小学，位于纽约上西区八十四西街。
24. Z.指他们的幺弟祖伊。
25. 路易斯·布耶和麦克西姆·杜坎普都是福楼拜的挚友；前者是诗人及剧作家，后者是作家及摄影家。
26. 舍仁·K.：指舍仁·克尔凯郭尔。
27. S.指西摩。
28. 20世纪30年代时美国有一个著名的电台节目主持人杜拉特，他每次节目结束时都会说一句"晚安，葫芦夫人"，但没有人知道那到底是什么意思。

233

29. 塞瑞诺(1619—1655):17世纪法国剧作家,因爱德蒙·罗斯唐将他的生平改编成剧作《大鼻子情圣》(1897年)而闻名。
30. "转瓶子"和"邮局"都是美国少儿之中流行的"接吻游戏"。
31. 威纳兄弟:美国20世纪20年代的棒球明星。
32. 游吟少年:与托马斯·摩尔的爱尔兰爱国主义诗歌《游吟少年》相关。
33. 作者原文引用的是马克斯·缪勒主编的《东方圣书》中对《庄子》的英语翻译,转译中文如下:"圣人行事,忧心忡忡,左右为难,因而无往不胜。"
34. 福丁布拉:莎士比亚悲剧《哈姆雷特》中的挪威王子,是一个只有短短过场戏的配角。